THÉODORE BOURDEAU

LES PETITS GARÇONS

LES PETITS GARÇONS

roman

THÉODORE BOURDEAU

Stock *arpège*

Couverture : Hokus Pokus

ISBN : 9782234086371

© Éditions Stock, 2019

J'estime la chasteté, la sainteté, l'innocence;
je crois au don des larmes et à la prière du cœur.

MICHEL HOUELLEBECQ

1

———

Je suis né heureux.

Un tout petit enfant, avec deux parents pour me chérir. Un tout petit enfant qui rit et qui se roule en toupie dans le lit de papa et maman le dimanche matin. Une bouche de quenottes, tout petit enfant, qui hurle d'excitation, qui pleure et qui rit. Qui pleure puis qui rit. Une boule de chair douce et encore innocente au malheur.

Dans ma chambre, une grande corbeille en osier contenait toutes mes richesses. Voitures miniatures, robots déglingués, une vieille balle en mousse rongée par l'usure... Une raquette au cordage crevé, pour gagner Roland-Garros deux fois par semaine. Un pistolet en plastique pour simuler le cambriolage d'une riche demeure dans laquelle j'allais dérober vases antiques et montres précieuses. Et cette petite trompette en plastique pour imiter les jazzmen qu'écoutait papa le dimanche après-midi. Debout sur la table basse du salon, j'imaginais une foule d'adultes concentrés à mes pieds et j'engageais un solo furieux. Les membranes des enceintes grondaient et moi, avec ma petite trompette en plastique et mon pyjama, je faisais comme si je commandais les notes parfaites d'un de ces musiciens. Je vibrais de tout mon cœur à mesure que la musique, puissante, liquide, s'écoulait dans la pièce. Je me démenais pour obtenir le sourire de papa.

Dans le long couloir qui traversait l'appartement familial, il y avait le portrait d'un vieux monsieur, très digne, sanglé dans une gabardine sombre. Une grande toile sans cadre, un peu jaunie, craquelée. Moustaches lisses et regard dur de l'ancêtre qui toise sa lointaine descendance. Maman avait acheté le tableau dans une brocante un peu au hasard. L'homme aux moustaches était l'ancêtre d'un autre petit enfant, un inconnu pour nous. Qu'importe, c'était mon aïeul pour toujours : un capitaine d'industrie effrayant, un vieux cheminot dur au labeur, mon arrière-grand-père vice-ministre de quelque chose. La nuit, quand je marchais à tâtons dans le couloir pour rejoindre la cuisine et boire un verre d'eau, le vieux monsieur se transformait souvent en ogre prêt à me dévorer. Libéré, extrait de sa toile, ses pas résonnaient sur le sol et il fondait sur moi dans la stupeur d'un cauchemar.

Ma vie était légère, facile. Une aventure perpétuelle et joyeuse. Elle ne supportait aucune contrariété, à l'exception des frayeurs nocturnes de l'ancêtre. Un jour, à l'âge de huit ans, je demandai à maman s'il était possible de ne penser à rien. Si je pouvais déconnecter mon cerveau, même l'espace d'une seconde, et n'être plus qu'un corps inerte, qui ne produirait plus aucune matière imaginative. Maman me répondit que c'était sûrement possible. Qu'il fallait s'isoler dans un endroit le plus calme possible, faire le vide en soi, se concentrer sur sa respiration et peut-être alors, l'espace d'une seconde, je pourrais ne penser à rien. Je m'enfermais donc dans les toilettes, la pièce la plus calme de l'appartement. Assis sur le sol, le nez face à la cuvette, j'essayais de respirer le plus lentement possible, de ne prêter aucune attention aux bruits extérieurs. Je plongeais dans un gouffre de néant, je tentais d'imposer le sommeil à mon âme, de chasser la moindre de mes idées. J'étais comme mort, malgré les battements de mon petit cœur.

2

———

Grégoire était mon ami. Aussi loin que je puisse me rappeler, dès l'école maternelle, Grégoire était là. Petit garçon rouquin, avec qui tout semblait facile. Jouer, faire des bêtises ou échanger des billes. Quand je voulais courir jusqu'à n'en plus pouvoir respirer, voler un bonbon, faire peur à un camarade de classe, Grégoire se portait toujours volontaire. Nous n'étions qu'énergie.

Une malédiction commune accéléra cette amitié : nos deux anniversaires tombaient pendant les vacances. J'étais né à la fin de l'été, Grégoire juste avant Noël. Nous n'avions pas droit au rituel mis en place par notre maîtresse pour fêter les anniversaires : une guimauve distribuée en grande pompe à l'enfant qui grandissait, devant ses camarades jaloux. J'avais identifié deux choses : l'injustice de nos dates de naissance, mais aussi la cachette de la maîtresse, une boîte en aluminium pleine de guimauves, rangée sur une étagère facile d'accès. Je convoitais cette boîte depuis un certain temps quand l'occasion se présenta enfin grâce à un petit camarade prénommé Cyril, qui peinait à se contenir et faisait souvent pipi aux quatre coins de la classe. La maîtresse exténuée devait l'exfiltrer régulièrement pour le changer, nous fournissant ainsi l'interlude nécessaire pour aller voler les guimauves que nous méritions nous aussi. Le premier acte de notre amitié se joua ainsi. Comme des petits soldats, nous avions rampé sur le sol sous les regards des autres enfants stupéfaits. J'avais ouvert la boîte, attrapé deux guimauves roses, en avais donné une à Grégoire, puis nous avions battu en retraite vers nos places. J'avais rangé ma guimauve, comme un joyau, dans l'une des poches de mon manteau, alors que la maîtresse rejoignait finalement la classe, gardant sous son aile Cyril l'incontinent. À la récréation, nous avions brandi nos reliques sucrées, comme deux trophées, devant nos copains. Mais cette première épopée avait viré au drame. Un surveillant nous avait repérés, puis dénoncés à l'issue de la récréation. L'aventure s'était terminée sur une convocation de nos deux mères par la maîtresse et la restitution des guimauves devant tous nos camarades, terrible condamnation publique.

C'est ainsi que nos deux mamans prirent l'habitude de discuter après la classe, d'abord réunies par la honte, puis donnant leur avis sur nos maîtresses, débattant de l'opportunité de telle ou telle leçon. Elles s'appréciaient et dans un échange classique de bons procédés entre parents d'élèves, j'allais déjeuner chez Grégoire chaque mardi, et maman nous accueillait en retour le jeudi. Quand on arrivait chez mon ami, il y avait une porte cochère dont il fallait franchir l'encadrement de nos jambes maigrelettes. Puis nos voix résonnaient sous le porche, nous grimpions l'immense escalier et ses lourds tapis qui ouataient chacun des pas. Derrière la porte de l'appartement, la mère de Grégoire nous attendait, splendide grosse femme aux commandes de son logis. Nous enlevions nos chaussures dans l'entrée, pendant qu'elle allait de pièce en pièce, sans jamais s'arrêter de nous parler, de nous détailler le menu préparé par l'employée de maison, de nous entretenir de ses activités de la matinée. Le volume de sa voix faiblissait à mesure qu'elle s'éloignait, au détour d'un boudoir, d'une antichambre, d'un vestibule ou d'une bibliothèque. Puis elle reprenait corps quand, tout à coup, par un couloir dérobé elle accélérait le pas dans un fracas de parquet, et surgissait de son labyrinthe en ponctuant son monologue d'un point final : « À table les enfants ! »

Grégoire était enfant unique. Son père, directeur d'une immense entreprise qui fabriquait du sucre, n'était jamais présent à l'heure du déjeuner. Dans l'appartement, il n'existait qu'à travers ses costumes, que j'avais aperçus dans un dressing qui marquait l'entrée de la suite parentale. Chez moi, il n'y avait pas de pièce réservée aux vêtements, papa et maman partageaient une commode en bois qui craquait tous les matins à l'heure du réveil. Alors, dès que je le pouvais, je jetais un œil à l'intérieur du dressing, j'admirais le mur d'étoffes grises, et je me recueillais un instant dans la forte odeur de cuir qui se dégageait des souliers du père de Grégoire. Chaque année au printemps, il offrait à la classe de son fils une visite de ses champs de betteraves, matière première du sucre qu'il vendait et qui finançait le somptueux appartement dans lequel il logeait sa famille. Un matin du mois de mai, notre groupe d'enfants s'avança donc dans la boue, en lisière d'un sous-bois. Trop occupé, le père de Grégoire n'apparut jamais, et c'est un responsable avec une casquette qui nous expliqua les différents stades de la culture de la betterave sucrière. Puis le groupe chemina à l'intérieur de l'usine pour déboucher en apothéose au milieu de montagnes blanches et granuleuses. Pendant toute la visite, Grégoire se tint quelques pas en retrait, satisfait, comme un roi. Il était le représentant sur terre de son illustre père, qui lui-même régnait, telle une divinité, sur le monde merveilleux du sucre.

On aurait pu imaginer que le mardi midi chez Grégoire, on mangeait des roudoudous au dessert, des berlingots, des barbes à papa. Mais non. Le mardi à déjeuner, il y avait des betteraves en entrée. Tous les mardis. Il fallait aussi réciter nos leçons. Être à la hauteur. Égrener nos notes de la semaine. Se tenir droit autour de l'immense table ronde. Ne pas cogner l'argenterie contre la porcelaine. Et terminer ses betteraves.

Je détestais les betteraves. J'étais pris de haut-le-cœur, tous les mardis à midi, quand j'avalais les derniers morceaux sanguinolents dans mon assiette. Mais j'adorais Grégoire. J'adorais courir partout dans l'appartement, me cacher derrière un fauteuil Renaissance, entendre les bibelots tinter sur les meubles quand nous cavalions d'un salon à l'autre. Et, dans une révérence haletante, ralentir le pas devant les costumes du père de Grégoire.

3

J'étais à l'école un élève appliqué. Mes notes se situaient dans la bonne moyenne, sans jamais être exceptionnelles. Les professeurs m'appréciaient, car j'étais un garçon discret qui prenait plaisir à apprendre. Une ou deux bêtises par an, juste ce qu'il faut pour être normal. Et des petits copains pour se défouler aux récrés. Je n'avais qu'une terreur, une angoisse qui me tordait le ventre, un motif de sueurs froides : l'interrogation au tableau. Quelle que soit la matière. Quand le professeur annonçait, solennel : « Qui vient au tableau résoudre la division de l'exercice numéro 2 ? », « Qui se porte volontaire pour décliner quelques verbes irréguliers ici sur l'estrade ? », le suspense gonflait sur la classe alors que je m'arrêtais de respirer et répétais dans ma tête ce mantra : « Pas moi, pas moi, pas moi. » Selon ma méthode, il s'agissait de le réciter un maximum de fois, pendant le moment suspendu où le professeur balayait ses élèves du regard. Il fallait baisser les yeux, fixer les interlignes bleus de mon cahier, et normalement, je devais être épargné. Pourtant, parfois, le destin restait sourd à ma supplique. Au bout du stress et du silence, le professeur lâchait mon prénom et j'étais foudroyé. Les regards soulagés de mes camarades se tournaient vers moi. Certains en souriaient d'aise, voyant ma mine blafarde, leurs visages déformés par le plaisir de la mise à mort à venir. Un gouffre se creusait autour de ma silhouette. Aucune prière ne me viendrait en aide. S'ensuivait un moment pénible et pataud où, le cœur battant et le genou tremblant, je roulais jusqu'à l'estrade. Les tempes brûlantes, il fallait attraper le tout petit morceau d'une craie et tenter quelque chose, seul face à l'ardoise. Les savoirs évanouis, les leçons oubliées, la craie crissait sa traînée poussiéreuse, inscrivant la racine carrée d'un chiffre au hasard. Enfin, le professeur me renvoyait à ma place et l'instant de torture laissait place à un immense soulagement, quels que soient le résultat de l'exercice et l'humiliation subie. Car au moins, c'était fini. Beaucoup plus rarement, j'étais un peu fier de moi, d'avoir supporté le regard des autres, de m'être soumis au petit spectacle de la classe. Un spectacle, un supplice.

Grégoire, lui, n'avait que peu de peurs. Il se dirigeait fringant vers l'estrade, saisissait la craie et, en une arabesque, révélait le résultat d'un problème mathématique ou d'une conjugaison devant les élèves conquis. Il claquait un point final à son équation, et retournait à sa place, comme si rien ne s'était passé. Il était fait pour aller au tableau, pour faire la démonstration de tout ce qu'il savait, avec le seul vrai panache, celui qui vient du naturel. Chaque mardi, quand nous déjeunions chez lui, Grégoire dressait le compte rendu précis de ses prouesses. Comment il avait bien failli oublier l'ultime rime d'un poème récité. Ou pourquoi il avait choisi un prétérit pour répondre à la question d'un professeur d'allemand : «Vous comprenez, maman, l'usage du prétérit était tellement plus musical.» Alors, la mère félicitait son bambin : «C'est bien mon Grégoire. Si tu continues à travailler avec autant d'application, tu pourras devenir ingénieur, comme ton papa. Le monde te sera ouvert. Tu construiras des ponts, des maisons, tu inventeras les voitures du futur. Tu dirigeras le monde, mon fils. » Grégoire écoutait, concentré, tout en terminant ses betteraves avec appétit. Il était déjà prêt à affronter la vie et les immenses succès qui lui étaient réservés. Mi-ébloui, mi-terrorisé par l'autorité exigeante de sa mère, j'observais mon copain minuscule autour de l'immense table ronde. Ce petit enfant déjà grand.

Avec maman, à la maison, les autres midis de la semaine étaient très différents. La table du salon était carrée, toujours couverte d'une nappe aux motifs paisley colorés. Autour d'un avocat ou d'une botte de radis au beurre, je faisais le récit d'une partie de foot à la récréation dont Grégoire et moi étions les héros. J'étais bavard, avide de ces instants. Les histoires s'entrechoquaient et maman m'écoutait avec une patience et un amour toujours égaux. Un jour, j'avais pris un ballon en pleine figure : j'étais réconforté. Le lendemain, j'annonçais ma décision, j'allais devenir archéologue : maman aimait l'histoire, j'étais encouragé. La semaine suivante, j'avais changé d'avis, je serais rugbyman : maman avait assisté à plusieurs rencontres quand elle était étudiante, alors cela lui convenait. Et quand un cours de mathématiques se profilait à l'horizon, avec sa cohorte de problèmes à résoudre au tableau, maman ne désespérait jamais. Jusqu'au pas de la porte, elle me disait : «Ne t'inquiète pas. Tout va bien se passer.» Je partais en direction de l'école, sans trop savoir si tout allait vraiment bien se passer, et en me demandant surtout pourquoi il fallait toujours, dans la vie, s'éloigner des douceurs familières pour prendre le risque du monde extérieur.

4

À quatorze ans, je participais à ma toute première boum. C'est Jean-François qui invitait. Jean-François, c'était l'anti-Grégoire. Un habitué des derniers rangs. Un ado sans père, une mère pas souvent là, des clopes à la récré. Chez Jean-François, on ne mangeait pas de betteraves, mais on écoutait du hard-rock, on balançait des préservatifs remplis d'eau depuis le balcon... Il était du genre à ne pas se souvenir de la dernière fois où il était allé au tableau. Alors il faut le dire : j'éprouvais une certaine fascination pour Jean-François, son indifférence à l'autorité, ses parents absents. Et la nonchalance avec laquelle il pouvait glisser une cassette dans le magnétoscope : « Regardez ça, c'est mon porno préféré. » Grégoire n'aimait pas Jean-François. Et surtout ce qu'il représentait : la liberté absolue.

À ce moment de mon adolescence, ma volonté tout entière était tournée vers deux objectifs. Objectif numéro un : ressembler autant que possible à mon idole, le chanteur du groupe le plus triste du monde, qui était aussi le groupe le plus populaire du lycée, et de tous les lycées du monde occidental à cette époque. Comme d'autres adolescents sûrement, j'en imitais les manières, les attitudes et les tenues. Mais subsistait un obstacle : le chanteur était blond. Moi j'étais brun. Ses cheveux étaient longs, raides, radasses. Les miens étaient épais, rebelles, indomptables. Néanmoins, le défi capillaire était loin de m'effrayer. Je m'astreignais à un très sérieux programme intitulé : « Un shampoing par mois. » Avec peu d'effet. Mon carré n'était jamais parfaitement gras et raide. Au contraire, ma chevelure formait une espèce de cloche difforme qui venait couvrir un visage encore enfantin. Les commerçants m'appelaient « Mademoiselle », et le premier objectif de mon adolescence semblait bien compromis.

L'objectif numéro deux pouvait sembler plus accessible : avoir une petite copine. Une jeune fille sur laquelle déverser mon désir dégoulinant d'adolescent. Je voulais être amoureux. Faire en sorte que cela soit partagé. Je voulais passer mon temps libre avec une autre âme. Je voulais pouvoir me confier à quelqu'un d'autre que Grégoire. Être excité autrement que par les pornos visionnés dans le canapé du salon de Jean-François. *In fine*, je rêvais de ma première relation sexuelle sans pouvoir en imaginer précisément les contours. J'avais tellement d'amour à donner, sans destinataire pour l'instant.

Après avoir longuement travaillé la cloche qui me servait de chevelure, j'arrivai donc à ma première boum, déterminé à tomber amoureux, prêt à exprimer tous ces sentiments qui ruminaient en moi. Pour la plupart des participants, c'était un baptême de boum. L'assistance était relativement mal à l'aise, maladroite. Des garçons tentaient d'ouvrir des bouteilles de bière avec des briquets, pendant que les filles formaient des grappes gloussantes près des fenêtres. L'ambiance montait progressivement, à l'initiative de quelques meneurs qui semblaient avoir plus d'expérience. Parmi leurs techniques, l'un esquissait un pas de danse, un autre lançait un sonore «Allez!» au moment d'un refrain particulièrement entraînant. Ils savaient y faire, ceux-là. Je notais pour plus tard.

Dans un coin du salon, mes camarades étaient réunis et nous discutions dans un brouhaha de voix qui muent. Contrairement à la plupart des convives, j'avais décidé de ne pas boire d'alcool. Je souhaitais garder le contrôle. Il était hors de question de risquer l'ivresse et de brouiller un tant soit peu l'inauguration de mon premier amour. J'avais d'ailleurs repéré celle qui pourrait devenir mon amoureuse. Elle s'appelait Louise. Une jolie brune avec deux mèches qui lui tombaient sur les yeux. Nous étions dans la même classe. Quand j'avais la chance d'être assis à côté d'elle pendant tel ou tel cours, nous échangions des petits mots, qui n'avaient rien de billets doux, mais que j'estimais très prometteurs. À vrai dire, je craquais complètement pour Louise. Il m'arrivait de m'endormir en pensant à elle et à toutes les douces activités dont nous pourrions profiter une fois qu'elle serait enfin mon amoureuse : balades romantiques dans un parc, longs baisers sur un banc public ou dans une salle de cinéma, tirelire fracassée pour un petit cadeau... Au bout de quelques semaines, je m'imaginais déjà m'aventurant dans son soutien-gorge. Nous serions amoureux transis, Louise et moi.

Malheureusement, j'étais beaucoup plus audacieux dans mes rêveries que dans la vie. Les petits mots, c'était déjà beaucoup. Et dans l'ambiance nouvelle, inconnue, de la fête, je n'arrivais pas à envisager comment me rapprocher d'elle. Pleutre et timide, je décidai de passer par une intermédiaire : elle s'appelait Colombe, c'était une camarade de classe. Je la chargeai de la mission suivante : «Dis-lui que je suis amoureux d'elle et que j'aimerais qu'on sorte ensemble, ce soir», en insistant sur le «ce soir», parce que j'espérais conclure au plus vite. Cette dernière précision était essentielle pour moi :

il fallait marquer l'urgence de mon désir et signaler qu'un dénouement immédiat était attendu. L'amour recelait sa part de mystère et cette déclaration misérable pouvait peut-être déboucher sur un amour brûlant. Coopérative, Colombe promit d'exécuter mon plan dès qu'elle en aurait l'occasion.

La fête vivait sa petite vie de fête : un éclat de rire, un verre cassé, un cri ici ou là. Quelque part, un adolescent rotait sa première bière. Dans le tumulte, j'attendais le moment fatidique avec angoisse. Jean-François avait invité Luc à sa boum. Un redoublant nimbé de l'aura énigmatique qui entoure tous les redoublants. À cet instant précis, Luc vantait à notre petit comité les mérites du skateboard. C'était un sport qui présentait l'avantage de ne pas nécessiter d'accoutrement ridicule, de tenue moulante. Au contraire, avoir la dégaine du chanteur du groupe le plus triste du monde constituait un plus. Mais surtout, le skateboard était, *dixit* Luc, « un sport qui plaît aux gonzesses ». Attentif, je gardais aussi un œil sur Colombe qui s'approchait de Louise. Alors que notre interlocuteur tentait de nous expliquer une figure qui s'appelait le « ollie flip » en faisant de petits bonds sur place, Colombe s'entretenait maintenant avec Louise. Les dés étaient jetés. Fébrile, je plaquai les pans de ma raie au milieu puis me décalai d'un pas pour écarter Luc de mon champ de vision et focaliser mon attention sur l'acte crucial qui se jouait à quelques mètres de moi. Colombe parlait à l'oreille de son amie. Une musique pop quelconque sautillait sur la pièce. Enfin, mes mots et mon amour parvenaient jusqu'aux oreilles et, je l'espérais, jusqu'au cœur de Louise. Mais alors qu'elle aurait dû esquisser un sourire puis rougir, son visage devint rictus, traduisant un dégoût amusé. Je perdis tout espoir quand le rictus se transforma en un éclat de rire. Tout était consommé. Louise ne voudrait pas de moi. Ma première boum ne serait pas le théâtre de mon premier amour.

«Le week-end dernier, j'ai ridé un spot trop puissant avec des potes.» Luc continuait son topo sur le skate. Mais je ne l'écoutais plus. Je n'entendais plus que mon cœur qui gueulait sa déception, encore et encore. Colombe s'approcha de moi avec un demi-sourire poli. «Je suis désolée...», dit-elle. Fier, je lui répondis : «M'en fous. De toute façon, j'ai déjà une copine...» Elle me prit doucement dans ses bras, sans rien dire. Je ne souhaitais plus rien d'autre que m'en aller et ne penser à rien, écouter des musiques tristes et m'endormir à jamais. Je voulais me raser la tête et redevenir un enfant.

Reprenant mes esprits, j'annonçai à mes amis qu'une autre fête m'attendait et qu'il me fallait malheureusement les abandonner. Mon annonce ne manqua pas d'impressionner tout le monde, y compris Luc, le redoublant. Deux fêtes dans une soirée, ça en jette quand on a quatorze ans. Devant la porte, je croisai le regard de Louise qui savait qu'aucune autre boum ne m'attendait ailleurs.

5

―――――

Nous grandissions, Grégoire et moi. Il n'était plus question de déjeuner avec nos mamans. Nous avions fumé nos premières cigarettes, partagé le récit ému de nos excitations intimes. Grégoire mûrissait avec sérieux pendant que je rêvassais au monde et aux amours. Par facilité, j'étais un littéraire. Grégoire avait naturellement choisi la filière la plus exigeante, la plus valorisée, la filière scientifique. Il menait une existence bien organisée : excellent dans toutes les matières, sportif les jours de relâche, mondain avec la génération de ses semblables le week-end. Son cerveau se structurait, dessinait le profil d'un jeune homme destiné au meilleur. Grégoire formulait déjà des avis raffinés sur l'actualité pour un garçon de son âge. Il aimait réfléchir, contredire ses instincts, questionner les certitudes. Il détestait l'insulte et s'agaçait parfois de mes avis grossiers. Il avait intégré les clivages politiques, les grands enjeux internationaux, la supériorité de l'économie sur la diplomatie, alors que mes copains littéraires et moi portions sur le monde un regard qui divisait tout entre «les fachos» et «les gens cool». Grégoire avait de l'ambition pour les dix prochaines années, là où mes rêves ne dépassaient pas demain. Je tombais amoureux tous les dix pas. Tandis que Grégoire ne s'imaginait qu'avec une seule. Elle s'appelait Caroline. C'était une jeune femme blonde aux attaches fines, un rire cristallin, une nature sérieuse, encore un peu timide. Pour un œil adulte, c'était déjà évident : dénudée de ses manières de petite fille, Caroline deviendrait une jeune femme exceptionnellement belle et gracieuse. Grégoire l'avait compris, là où la plupart des adolescents comme moi trouvaient Caroline un peu ennuyeuse. Elle ne fumait pas assez de cigarettes, ne buvait pas d'alcool. Elle semblait inaccessible à la molle séduction des garçons de son âge. Et pourtant, un jour, nous allions tous la désirer ardemment. Grégoire travaillait à séduire Caroline depuis des mois dans la lente concentration de ceux qui ont choisi un sujet d'étude exclusif. Il ne se dispersait pas, observait Caroline et chacun de ses gestes. Lorsqu'elle prenait la parole en cours, il redoublait d'attention et, du bout des lèvres, comme en un chœur amoureux pas encore tout à fait réglé, il devançait les mots qu'elle récitait à haute voix.

Un jour, alors que nous nous promenions à travers les rayons d'un magasin de disques après les cours, Grégoire m'avait parlé de Caroline et du projet qu'il entretenait pour elle. «Je sais qu'elle ne m'aime pas encore. Mais je sais aussi qu'elle entend tous les mots que je lui dis. Et je sais qu'à un moment donné, tous ces mots atteindront leur but. Soudain elle m'aimera et je l'aurai enfin méritée», disait-il, les yeux perdus loin au-dessus du rayon du groupe le plus triste du monde. Le temps de cette phrase, j'étais tombé amoureux trois fois.

Ensuite, nous avions pris le bus, debout, accrochés tous les deux à la rambarde en inox, un peu courbés sous le poids de nos sacs remplis de cahiers, de trousses et de manuels. Hébétés par la journée de classe, nous demeurions silencieux. La vitre était grasse de traces de doigts et de cheveux posés là par des passagers dans un instant de fatigue. À chaque arrêt, des automobiles nous dépassaient et l'on pouvait voir une partie d'habitacle, une jambe, un document froissé sur une plage arrière pleine de miettes. Puis le bus se réinjectait dans la circulation et les façades défilaient à nouveau. Celle du Grand Magasin, atypique, tout en balustrades, attirait chaque fois mon attention. On voyait des dizaines de silhouettes cheminer dans les étages, chaque fenêtre donnant à voir les entrailles du bâtiment comme une fourmilière humaine. Il y avait des hommes qui portaient des cartons, une dame qui tenait son enfant par la main, des vendeuses qui agençaient leurs rayons. La fourmilière était densément peuplée.

Une cinquantaine de mètres plus loin, nous étions sortis de notre somnolence rêveuse, le bus nous avait recrachés sur l'asphalte. Nous avions prévu de passer un moment chez moi, et comme toujours, avant d'aller nous enfermer dans ma chambre, Grégoire était allé saluer poliment maman qui regardait la télévision. Quand tout à coup, un son sourd et puissant avait cogné depuis la rue. Le poste avait fait un petit bond, et s'était ensuivie une brève coupure de courant. La surprise du moment avait intimé le silence au monde alentour. Comme si tous les voisins, tous les passants, tous les conducteurs avaient stoppé net leurs activités pour se demander : «Que s'est-il passé?» Nous nous étions regardés un instant, interloqués. Puis le programme télévisé avait repris là où nous l'avions perdu. Le vacarme de la rue était revenu crescendo jusqu'à son intensité normale. Quelques minutes plus tard, maman avait appris à la radio qu'il s'agissait d'une bombe. Le Grand Magasin devant lequel nous étions passés quelques instants plus tôt avait été visé. Nous étions restés avec Grégoire près du poste qui délivrait les derniers éléments au compte-gouttes. C'était la première fois que nous entendions le mot « attentat ». À l'école, les cours d'histoire nous familiarisaient avec les grands drames fondateurs de l'époque : on apprenait que notre monde était l'héritier de guerres sanglantes, terribles et meurtrières, dont il était nécessaire de se souvenir pour ne pas courir le risque de les voir se reproduire. À nos âges, on découvrait aussi que l'on pouvait se battre pour une cause, un territoire, une idée, ou pour se venger d'un crime. Mais cet après-midi-là, une autre forme de violence venait de se manifester, absente des manuels d'histoire. Celle qui porte la dévastation au cœur d'un groupe d'innocents sans donner d'explication. Et pourtant, cette terreur était aussi accompagnée d'une excitation enfantine : il venait de se produire quelque chose de nouveau, un événement qui bouleversait notre routine monotone de collégiens. Collés l'un contre l'autre face à la radio, nous étions deux auditeurs fascinés, sans aucune raison d'en vouloir à personne.

Le lendemain au collège, entre deux cours, Grégoire avait sorti la une d'un quotidien du jour, pliée en quatre. Il l'avait arrachée parmi les journaux de son père. Je m'étais assis à côté de lui, par terre dans un couloir. Sur le papier chiffonné, il y avait une photo du trottoir devant le Grand Magasin, sur lequel gisait une silhouette humaine, couverte d'un linge taché de sang. Un pompier accroupi rangeait du matériel à l'extrémité droite de l'image. Il était tragiquement désintéressé du cadavre près de lui. Je repensai à la coupure de courant et au silence qui avait suivi. Aux silhouettes des clients du Grand Magasin que l'on apercevait depuis le bus. Ma gorge était nouée quand Grégoire murmura : « Les lâches, les lâches... » Le texte qui barrait la une du journal nous apprenait que la fourmilière humaine avait perdu sept de ses vies.

6

———

Par définition, on ne décide pas d'être cool. Un jour, on le devient. L'apprentissage est instinctif, comme celui d'une danse. On peut s'agiter longtemps, sans être dans le tempo, sans faire les bons mouvements. On peut observer les autres, ceux qui savent danser, sans effet immédiat. Et puis, à un moment précis, les choses se mettent en ordre, les pas s'agencent, le corps bouge enfin avec naturel. On est entré dans la danse.

À dix-sept ans, je n'étais toujours pas entré dans la danse, je n'étais pas un adolescent cool. Je ne faisais pas partie de ceux pour qui tout semble simple dans ce nouvel âge : ceux qui multiplient les amours, ceux qui s'émancipent avec aisance du cocon familial. Pourtant, je faisais de mon mieux. J'écoutais toutes les musiques tristes qu'il fallait. Avec Jean-François, nous avions créé notre groupe, ce qui devait, en théorie, m'introduire auprès des maîtres du cool : les redoublants. Notre formation était réduite. En fait, nous n'étions que deux : je chantais et jouais de la guitare, tandis que Jean-François assurait la batterie. J'écrivais des textes médiocres dans lesquels je déversais la frustration de mes fantasmes. Un de mes morceaux préférés s'appelait *The Girl I'd Like to Love*. Un autre, ridiculement sombre, s'intitulait *Life, Long Wait for Death*. Jean-François travaillait quant à lui son instrument avec sérieux. Il ne pensait plus que batterie, emmenait ses baguettes en classe, roulait des tambours sur les sacs à dos des copains à la récré. Moi, je rêvassais souvent à tout ce que la notoriété de rock star pourrait m'apporter : je sécherais les cours de physique sans aucun scrupule, les filles graveraient mon nom dans le bois des pupitres, j'organiserais des concerts qui rempliraient la cour du lycée, et les redoublantes les plus sexy claqueraient leurs bulles de chewing-gum rien que pour moi au premier rang de la foule en délire. Jamais je n'aurais osé inviter Grégoire à l'une de nos répétitions. Mais un jour, après les cours, je lui proposai d'écouter un enregistrement de notre tube : *The Girl I'd Like to Love*. La cassette ronronna un instant avant mes premiers accords de guitare, suivis des impacts secs de la batterie de Jean-François. Grégoire écoutait, attentif, et au moment du refrain —« *you don't know it but you aaaaare… the girl I'd like to looooove* »— il avait souri tout en battant la mesure de la tête. Je crus déceler dans son regard une seconde d'embarras pendant le dernier couplet. Puis le morceau se termina sur une envolée de cymbales avant de nous laisser face à face, avec le grésillement du magnétophone comme seul accompagnement. Grégoire avait-il aimé ? Allait-il me dire la vérité ? Je guettai sur son visage un indice, tout en regrettant déjà de lui avoir infligé cette pénible écoute. Il brisa enfin le silence : « Tu l'as ton groupe de rock ! Ça va cartonner au lycée ! », provoquant chez moi un immense soulagement.

Et puis soudain, une faille s'est ouverte dans ma vie. En classe de première, Mme Ravanel, professeur d'italien, avait organisé un voyage à Venise. Par je ne sais quel hasard, les élèves les plus cool du lycée apprenaient l'italien. Évidemment, Grégoire faisait de l'allemand. Grégoire n'était pas du tout cool. Grégoire vivait l'existence rigide d'un premier de la classe. Il fuyait la compagnie des redoublants.

Parmi ceux qui apprenaient la langue de Dante, il y avait Nicolas, un grand type qui parlait aux filles avec une aisance non feinte et donc profondément déconcertante pour le commun des adolescents, comme moi. En classe de cinquième, les cordes vocales de Nicolas s'étaient fracassées et il avait mué, gagnant soudain le timbre d'un stentor. Sa voix imposait le silence. Elle surplombait celles tordues, éraillées, mal réglées des garçons de son âge. En même temps qu'il était parvenu à sa tessiture d'adulte, Nicolas s'était doté d'un outil de séduction qui lui servirait pour toujours. Parmi ceux qui apprenaient l'italien, il y avait aussi Benjamin. Un jeune homme athlétique, qui marquait des buts en rafales pendant les récréations et les cours de sport. Les muscles pour Benjamin, le charme de la voix pour Nicolas. Les deux copains formaient un tandem indépassable, et naturellement ils traînaient derrière eux une cohorte de jeunes filles. Parmi elles, se trouvait Olivia, une petite blonde au sourire mou, qui semblait tenir le rôle de muse de la bande. Et puis il y avait Louise. Ma Louise. La Louise de mon tout premier cœur brisé. Elle était toujours aussi Louise, aussi drôle et belle, et ça devrait suffire pour la décrire. Louise était parfaite. Elle faisait de l'italien. Moi aussi.

Un groupe d'une vingtaine d'élèves s'était donc retrouvé à la gare pour prendre le train de nuit qui devait nous conduire jusqu'à Venise. Au moment de monter dans la voiture-couchettes, une excitation intense s'était emparée de nous. C'était le moment fondateur du voyage, le moment du choix des compartiments. Tout pouvait, en cet instant, basculer dans un sens comme dans l'autre. Certaines filles se tenaient par la main, pour être sûres de ne pas être séparées.

Des garçons se précipitaient dans le couloir de la voiture, pour réserver leurs places. Il n'y avait que six lits par box, alors il fallait s'imposer, choisir le bon groupe, sacrifier sans états d'âme les demi-potes et avoir un peu de chance aussi. La composition des compartiments serait déterminante pour la suite du voyage. Car les bandes coaguleraient pendant la nuit et au petit matin, les jeux seraient faits. Moi, sur le quai, j'étais résigné. Parce que je ne savais pas à quelle bande me rattacher, parce que j'avais peur d'être rejeté. Alors je préférais renoncer devant le combat. C'est pour ça que j'escaladai le marchepied du train après la totalité du groupe. Je m'installerais là où il y aurait de la place. *E basta così!*

Dans le couloir, je jetai un œil au premier compartiment pour un audit des forces en présence. S'y trouvaient exclusivement des élèves de seconde. Il y avait une ou deux jolies filles. Mais j'étais en classe de première, et voyager avec des secondes était synonyme d'humiliation. Je continuai donc ma route. Deuxième compartiment : trois filles de ma classe, dont une qui me plaisait assez. Un type aux cheveux mi-longs, suspendu au porte-bagage. Mais aussi le cousin de la plus jolie fille, un grand brun baraqué au visage carré. Il y avait une place libre. Ce compartiment pouvait ressembler à un bon point de chute. Problème : Le costaud portait un polo de rugby. Et s'il était si costaud, c'est parce qu'il pratiquait effectivement le rugby. Une des filles demanda : «Tu veux venir avec nous?» C'est le moment que choisit le chevelu pour se jeter d'une couchette à l'autre en un bond qui manqua de décapiter celle qui venait de m'adresser la parole. Le rugbyman flanqua alors une belle et ample gifle au chevelu qui réagit par un rire bête. Les codes de cette tribu m'échappaient : «Euh nan, j'ai des potes qui m'attendent plus loin.» Troisième compartiment : Cinq mecs. Tout en haut, un blond filiforme qui n'avait jamais moins de 16/20 en maths. Tout en bas, Gilles, un petit gros rigolo qui lisait un magazine consacré à l'astronomie. Entre les deux, des binoclards penchés sur une console de jeux. Enveloppant le tout, une odeur pestilentielle de puberté, de poils et d'hormones déchaînées. Mû par un instinct de survie violent, je me précipitai vers le quatrième compartiment. Je tirai la porte coulissante à moitié close. À l'intérieur, rideaux fermés et lumière éteinte. Un transistor jouait à faible volume l'une des chansons du groupe le plus triste du monde. Je ne distinguais que des masses sombres, allongées sur les couchettes. Une voix : «Qu'est-ce que tu fais là?» C'était la voix de Nicolas. Mes yeux maintenant habitués à l'obscurité, j'identifiai les occupants du compartiment. En haut, Benjamin et Olivia. Juste à ma droite, Louise faisant face à Nicolas. En bas, Mathilde, une petite brune qui avait ses entrées dans la bande cool, sans pour autant faire partie du carré magique. Et en face d'elle, une couchette vide. La providence avait décidé de m'honorer d'une de ses décisives attentions. Nicolas réitéra sa question : «Qu'est-ce que tu fais là?» Déterminé à me montrer à la hauteur du miracle qui était en train de se produire, je prononçai la toute première phrase cool de mon existence : «Y'a plus de place dans le wagon, alors je vais squatter ici.» Ma sentence n'appelait ni objection ni réponse. Je l'appuyai en m'écroulant de la manière la plus cool possible sur la couchette libre. Nicolas resta muet. Seule une ritournelle triste émanait du transistor. J'avais gagné. Je m'étais imposé dans le compartiment le plus cool du train. Et Louise allait respirer toute la nuit le même air que moi.

Pendant le trajet, il se produisit une série d'événements étonnants. D'abord, Nicolas m'adressa la parole, et ce à plusieurs reprises. Je parvenais à glisser dans la conversation quelques mots à propos de mon groupe, ce qui semblait l'intéresser sincèrement. Je marquai un deuxième point essentiel en prétendant me débrouiller plutôt pas mal en skateboard. Ce qui était complètement faux, mais le mensonge était une question de survie face à un tel auditoire. Benjamin, lui, se montrait moins impressionné que Nicolas. De temps en temps, il se moquait de moi en imitant ma voix qui muait. Je le laissais faire, comprenant que cette dose d'humiliation faisait partie du contrat qui me liait à la bande. Nicolas, par l'intérêt qu'il me portait, assurait ma protection, et les moqueries de Benjamin n'étaient qu'un maigre péage pour accéder à cette compagnie inespérée. Louise, elle, ne m'adressait jamais la parole. Mais le fait qu'elle puisse parfois poser son regard sur moi, même par inadvertance, était une première étape déjà considérable dont je me contentais.

C'est alors que la providence décida de se manifester à nouveau. À un point avancé de la nuit, Mathilde, qui avait à peine parlé depuis le début du voyage, s'installa dans ma couchette. Contre moi. Je croisais régulièrement Mathilde au lycée, une jeune fille avec de beaux cheveux noirs, un peu d'acné, un caractère mal dessiné. Et là, en un instant, elle était blottie contre moi. Sur le chemin de Venise, Mathilde posait sa tête sur mon ventre, en chuchotant : « Je t'aime bien. J'étais sûre que tu faisais du skate... » Immédiatement, une trouille monumentale me saisit. Primo, j'étais dans le compartiment le plus cool du train. Secundo, une fille semblait s'intéresser à moi, allant jusqu'à opérer un contact physique, superficiel certes, mais bel et bien volontaire. C'était beaucoup trop. Je passai le reste de la nuit priant la providence de m'oublier le temps que les battements de mon cœur retrouvent un rythme normal. Je frisai pourtant l'infarctus quand j'entendis Benjamin rejoindre Olivia dans sa couchette et pousser d'étranges râles. Louise, elle, dormait doucement, indifférente à tout, au bruit des rails, à ma présence aussi. Je glissai pétrifié dans la nuit, comme un clandestin dans un pays hostile qui ne serait jamais le sien.

Pendant le séjour, je passais la plupart de mon temps avec la bande cool. J'étais même relativement bien intégré. Nicolas continuait à s'intéresser à moi. Il me proposa d'aller faire du skateboard avec lui après le voyage à Venise. J'acceptai avec une désinvolture apparente. Tout en échafaudant en mon for intérieur des plans pour acquérir, et apprendre à maîtriser, une planche à roulettes dès notre retour. Plus important, sa proposition m'assurait de continuer à côtoyer le mec le plus cool de la bande la plus cool du lycée. Pour cela, j'étais prêt à presque tous les sacrifices.

Mais, autant avais-je réussi à établir une relation cordiale avec le roi de la bande, autant sa reine de cœur se montrait intouchable. Louise semblait vivre dans un donjon auquel elle n'aurait même pas imaginé me ménager un accès. Elle n'en était bien entendu que plus désirable. Un jour, notre classe d'italien fit une pause sous les arcades de la place San Marco, Louise s'était assise en tailleur sur le sol, rapidement rejointe par nous tous. Elle avait dégagé son regard d'une mèche, pris une profonde inspiration dans une cigarette légère, puis s'était lancée dans une prodigieuse histoire. Quelques jours avant de partir pour l'Italie, Louise était allée en boîte de nuit. « Une nuit entière passée à danser, sans me préoccuper de rien », avait-elle dit à ces adolescents pour qui aller en boîte figurait au firmament des activités rêvées, encore inaccessibles. Accroupi sur le sol comme mes camarades, j'avais été instantanément captivé par son récit : il regorgeait de coupes de champagne, de filles déchaînées, de types qui ne marchaient pas droit et qui fumaient des cigares. Il y avait de l'électricité, du rythme, des rixes à chaque coin du dance-floor. Louise poussait le charme jusqu'à glisser parfois un détail, au milieu de son histoire, pour la rendre accessible à ceux qui n'avaient jamais mis les pieds dans une boîte de nuit. Elle expliquait par exemple qu'il était impossible de tenir une conversation à l'intérieur.

La musique était tellement puissante qu'il fallait hurler dans l'oreille de son interlocuteur pour se faire comprendre. Ce qui, s'empressait-elle de préciser, favorisait les rapprochements… Au meilleur des moments, Louise avait planté le clou de son histoire dans son auditoire captivé : elle avait rencontré un garçon ce soir-là. Un garçon de vingt et un ans. Vingt et un ans ! Un homme. Ils s'étaient embrassés. Louise avait passé le restant de la nuit avec lui et ses amis. J'étais abasourdi. Certes, mon cœur se démolissait encore un peu plus d'imaginer Louise avec un autre garçon. Mais quel garçon ? Un garçon de vingt et un ans ! Avec de la barbe, et des diplômes en poche. Peut-être un appartement où inviter Louise à dormir avec lui. J'étais battu pour toujours, à plate couture. Elle était au-dessus de mes moyens. Jamais je ne rivaliserais avec des garçons de vingt et un ans. J'en avais quinze, j'en faisais douze. Louise avait beaucoup trop d'avance. Je regardai autour de nous. Il y avait le gros Gilles assis par terre, il avait suivi le récit tout entier, attentif et discret. Quel effet avait-il bien pu avoir sur lui, le passionné d'astronomie ? Quand allait-il découvrir les boîtes de nuit ? Seraient-elles un lieu de plaisir ou de souffrances pour lui ? Et moi, valais-je mieux que le gros Gilles aux yeux de Louise ?

Il ne me restait plus qu'à me consoler dans les bras de Mathilde, ma conquête inattendue. Malheureusement, elle avait l'amourette lunatique. Elle me prenait la main alors que nous visitions le palais des Doges. Sans dire un mot. Mais quelques heures plus tard, elle s'éloignait durablement, muette et insensible à mes regards. Le lendemain, sans prévenir, elle se blottissait contre moi au bord du Grand Canal. C'était ainsi. Mathilde décidait des moments où nous étions ensemble.

L'avant-dernier jour du voyage allait être inoubliable. Alors que nous marchions en groupe sur le pont du Rialto,

Benjamin s'approcha de moi, menaçant. Jusqu'ici, il m'avait épargné, trop occupé qu'il était à évaluer le goût précis des ganglions d'Olivia. Ce jour-là pourtant, il m'interpella devant une foule mêlée d'élèves et de touristes : « Hey clarinette ! » (C'est comme ça qu'il m'appelait, rapport à ma voix pas encore tout à fait posée.) « T'as fini de te la jouer et de t'incruster avec nous ? »

C'était la pire apostrophe que je pouvais imaginer parce qu'elle pointait une vérité : oui je me la jouais, et oui j'essayais de toutes mes forces de « m'incruster » auprès de Benjamin et ses copains. C'était terrible. J'allais tout perdre si je ne trouvais pas une riposte sur-le-champ. D'un rapide coup d'œil, je cherchai de l'aide auprès de Nicolas. Mais il observait seulement la scène, un sourire aux lèvres. Plus grave, Louise était à ses côtés, attentive également à la tragédie en cours. Le sang battait mes tempes. L'injustice de la situation fit grandir ma colère : moi aussi j'avais le droit d'avoir une copine, d'être enfin cool. Quand la rage devint trop ardente, ma réponse fusa : « Et toi Benjamin, t'as pas bientôt fini d'incruster ton ADN dans cette pauvre Olivia ? Si ça continue, elle va nous pondre un mutant d'ici neuf mois... » Il y eut un moment de flottement pendant lequel je doutai de l'issue de cette joute verbale. Les gondoliers s'arrêtèrent de chanter. Les vaporetti glissaient soudain plus lentement sur le Canal. Jusqu'au moment où j'entendis un rire monter dans le ciel vénitien. C'était celui de Louise. Bientôt suivi de celui de Nicolas, chaud et sonore, puis de tous ceux qui avaient assisté à l'échange. Pour la toute première fois, je me sentais voler doucement au-dessus de la mêlée. Là-haut, tout là-haut, je voyais Benjamin rebrousser chemin et s'en aller penaud. Je revenais ensuite sur terre, vainqueur.

Le soir, une petite fête était organisée dans la chambre de Nicolas et Benjamin. Il y avait quelques bouteilles de bière, un peu de musique. Les élèves les plus cool du voyage étaient là, un ou deux redoublants complétaient ce qui ressemblait pour de bon à un casting parfait. Mais un intrus figurait dans le groupe. À ma plus grande incompréhension, le chevelu acrobate aperçu dans le train au moment du départ avait obtenu son ticket d'entrée pour la sauterie. De mon point de vue, il incommodait un peu tout le monde : son rire était bestial, sa repartie souvent trop franche. Il manquait de style et, tout nouvel arrivant que j'étais dans la caste en présence, je trouvais qu'il ne méritait pas sa place ici. Pourtant à un moment de la nuit, tout allait s'éclaircir. L'intrus rota un peu de bière puis demanda : «Ça vous dit de fumer?» Les cigarettes me dégoûtaient, alors j'attendis prudemment que se dégage un consensus auquel je me rallierais quoi qu'il arrive. Nicolas se montrait plus intéressé : «T'as du matos?» Le chevelu extirpa de sa chaussette ce que j'identifiai d'abord comme un petit bout de bois. En y regardant de plus près, ça ressemblait plutôt à un petit bout de merde séchée. Mais je ne voyais pas trop l'intérêt de se balader avec un morceau d'étron sec dans les pompes. Les yeux brillants, Nicolas sourit au chevelu et dit : «J'ai des feuilles si tu veux...» Et là je compris. C'était un morceau de shit, du cannabis. J'en avais déjà entendu parler. Soit par des redoublants, comme d'une substance magique qui éveillait les sens, soit par maman, comme d'un truc dont on ne pouvait pas tout dire mais qui ressemblait d'assez près à l'enfer. Jamais je n'en avais vu. Le chevelu s'affaira l'espace d'un quart d'heure sur son petit bout de merde avant de présenter, satisfait, un fin cône aux convives. C'était maintenant inévitable, il allait falloir fumer mon premier joint. Ironie du sort, c'est Mathilde qui me le tendit. J'aspirai faiblement, par précaution, et en même temps je veillai à avaler un peu de fumée pour mener l'expérience jusqu'au bout. Je toussotai puis affirmai : «C'est de la bonne!» C'était sûrement inutile parce que mes camarades semblaient beaucoup trop occupés à lutter avec leurs neurones pour s'inquiéter de l'authenticité de ma déclaration. Très vite, presque tout le monde s'endormit. Mathilde grommelait sur la cuisse d'un redoublant. Louise, parfaitement belle et apaisée, dormait sur le lit de Nicolas. Je quittai la fête en fin de vie, franchement circonspect quant aux effets du shit.

Dans le couloir, alors que je rejoignais ma chambre, je tombai nez à nez avec une fille. Une assez jolie fille. Mon sang ne fit qu'un tour. C'était Nathalie, du deuxième compartiment. Elle était seule, sans son garde du corps rugbyman. Maintenant que j'étais officiellement un mec cool, je n'avais pas le droit de fermer les yeux sur cette ultime manifestation de la providence. Il fallait agir. Au pire, si je me plantais, j'aurais une excuse : j'étais défoncé. J'interpellai Nathalie et lui proposai de s'asseoir un instant dans les escaliers, avant de rejoindre nos chambres. Le voyage touchait à sa fin, on pouvait faire ensemble le bilan. Pendant deux heures, nous avons discuté de tout, les musées, les restaurants, les anecdotes de la classe. Nathalie avait adoré Venise. Les gondoles, l'île du Lido et la basilique San Giorgio Maggiore. «C'est une ville si romantique.» Je pris alors mon courage à deux mains et choisis ce moment pour embrasser la toute première fille de ma vie. Encore plus tard, après une délicieuse séance de ronds de langue, je la raccompagnai jusqu'à la porte de sa chambre. Puis je titubai jusqu'à mon lit, chancelant sous le poids de vagues et de vagues d'euphorie.

Le lendemain, alors que nous prenions le train du retour vers Paris, je choisis sans hésiter le compartiment de Nathalie. Dans le couloir, Benjamin m'aperçut et s'empressa de gueuler : «Alors Nathalie, tu vas jouer de la clarinette ce soir!» Très cool, je décidai de laisser glisser cette mauvaise blague vers l'oubli.

7

———

Tout ne s'était pas passé comme prévu avec Nathalie.
Notre coup de foudre s'était comme évaporé au retour de
Venise. Éloignés de la lagune, sa compagnie m'était devenue
indifférente. Chaque baiser que nous échangions semblait
perdre en intensité en comparaison du précédent. Au détour
de ce qui peinait à ressembler à une conversation, Nathalie
m'avait confié son amour pour la chanson française, «les
artistes à textes», avait-elle dit. Je blêmissais. Elle enchaînait en établissant une comparaison entre ces chanteurs
qu'elle aimait tant, et le groupe le plus triste du monde
qui était vraiment trop triste pour elle. Elle trouvait que la
musique devait véhiculer de la joie, donner envie de vivre,
de danser. J'avais le souffle court devant le terrible constat :
nous n'avions vraiment rien à nous dire. Avant de nous
séparer pour toujours, nous nous étions embrassés, assez
goulûment, comme pour en profiter car c'était de toute
évidence la dernière fois.

Et puis, il y avait Ludivine, il y avait Joséphine et toutes
les autres filles du lycée. Il y avait autant de sourires, de
nuques douces à détailler pendant les cours de maths,

de rires et de petits mots à s'échanger avec toutes les Marine, les Sandrine, les Léontine. Nathalie m'avait ouvert le champ des possibles. J'avais enfin saisi ces instants tant désirés : poser mes lèvres sur d'autres lèvres, couvrir une paire d'épaules de mon bras... Je savais que je pourrais le faire à nouveau. Il fallait multiplier les amours, maintenant que j'en étais capable.

Quant à Grégoire, il avançait, concentré sur ses études et sur la suite à leur donner. Mon ami visitait des écoles, consultait des cousins plus âgés, préparait des concours. Il avançait méthodiquement. Car il fallait maintenant poursuivre son effort, ne pas décélérer. Grégoire avait un avenir, c'était certain, mais il pouvait le propulser vers l'excellence et tout se jouait maintenant. Un matin, il raconta qu'il avait visité une école préparatoire à je ne sais quelle autre école encore plus importante. Chacun de ces établissements figurait dans des classements que Grégoire connaissait sur le bout des doigts. Et surtout, chaque école était plus ou moins optimale pour préparer telle ou telle carrière. Il y avait des options, mais aussi des choix qui pouvaient fermer certaines portes. En découlait un système de ramifications complexes dont lui seul devinait les issues. À écouter Grégoire, tout cela était fondamental, il ne fallait pas se louper. D'ailleurs, un samedi, il me proposa de l'accompagner pour visiter un salon consacré au labyrinthe de l'orientation professionnelle. Les représentants des meilleures écoles étaient réunis par centaines dans un hangar duquel on ne pouvait espérer s'échapper sans l'aide d'un plan détaillé. Grégoire emmagasinait des brochures, questionnait des professeurs pendant que j'obervais les jolies filles de notre âge, nombreuses dans les allées. Parfois, je m'arrêtais devant le stand d'une faculté de droit et je posais deux ou trois questions à un élève. Mais le cœur n'y était pas et, après une heure à piétiner dans son sillage, j'abandonnai mon ami. À l'autre bout de la ville, Nicolas organisait un rassemblement des skateurs les plus cool du lycée. Il fallait que j'y participe.

La dernière année de lycée avait aussi révélé chez Grégoire un nouvel intérêt pour ce qu'on pourrait appeler «le style». Il travaillait un personnage. Depuis quelques mois, une mèche était apparue sur son front. Une mèche rousse qui ondulait et tombait au-dessus de son œil droit. Grégoire se choisissait depuis quelques mois des hobbies sophistiqués dont il aimait faire la publicité. Quand nous faisions la fête, Grégoire apportait sa propre bouteille de vin. Il dissertait sur les caractéristiques du cru qu'il dégustait, un peu dans son coin, tandis que nous étions concentrés sur les alcools durs qui permettent de parvenir à un état second le plus rapidement possible. Concernant la musique, Grégoire exprimait aussi sa singularité. Là où notre génération, Nathalie en moins, appréciait presque unanimement le groupe le plus triste du monde, Grégoire s'était choisi des goûts qu'il était seul à pouvoir revendiquer. Il aimait par exemple le rock, mais pas n'importe lequel : le rock chinois. Il s'était pris de passion pour un foyer de plusieurs groupes nés en Chine, le plus souvent à Shanghai, dans la décennie qui avait suivi les événements de la place Tian'anmen. Ils jouaient un rock répétitif, aux paroles évidemment indéchiffrables, et proche du punk. Un exotisme mystérieux faisait beaucoup pour l'aura de cette musique. Grégoire correspondait même par courrier avec les membres de certains groupes et recevait, tous les deux ou trois mois, une cassette sur laquelle étaient copiées leurs dernières productions.

Quelques mois avant le baccalauréat, Grégoire avait acheté une toile de maître. Enfin, pour être précis, le père de Grégoire avait offert à son fils la possibilité d'acheter un tableau. Quand les garçons de notre âge jouaient au foot avec leur père, Grégoire et le sien partageaient une passion : la peinture. Presque tous les week-ends, ils allaient ensemble dans les musées, dans les galeries, dans les ventes aux enchères. Le père délivrait son savoir, tandis que le fils écoutait, posait des questions et parfois tentait des analyses. Grégoire s'intéressait à toutes les écoles picturales : le Quattrocento italien, le cubisme, l'art le plus contemporain... Il essayait de reconnaître le style de tel ou tel artiste, son époque, sa cohérence historique : pourquoi le Greco avait pu déchaîner les formes et les couleurs en son temps ? Comment Duchamp était-il arrivé le premier à s'affranchir des contours humains ? C'était le genre de questions que Grégoire pouvait se poser. Dans les salons, chez lui, il y avait des toiles d'impressionnistes de seconde catégorie, devant lesquelles j'aimais m'arrêter, détailler la finesse d'un trait de pinceau séché sur la toile. Il y avait aussi de grandes compositions plus contemporaines, plus furieuses, plus libres, et qui m'effrayaient un peu à vrai dire.

Nous avions étudié les catalogues des principales maisons de vente aux enchères. Je repérais les toiles qui me semblaient intéressantes, j'arrachais des pages que je mettais de côté puis je les soumettais à Grégoire. J'aimais le dessin d'un petit maître italien qui allait bientôt figurer dans une vente à Londres. Il s'agissait d'une série d'esquisses, ici le modelé d'une main, là une femme à demi nue, de dos. Il y avait aussi un visage qui attirait l'œil, un chérubin mélancolique, de meilleure facture que les autres croquis, et qui semblait poser son regard ensommeillé sur un paysage que l'on ne connaîtrait jamais. Le tout sur une feuille de papier roussie par le temps, dans le coin de laquelle on pouvait distinguer des inscriptions en chiffres romains. L'ensemble faisait penser à une courte bande dessinée préhistorique. J'aimais l'idée de posséder une relique d'une époque aussi lointaine, où l'on essayait déjà de représenter le réel au plus près. C'était automatiquement précieux. Mais Grégoire trouvait mon choix trop classique, trop Renaissance. «Trop archéologique. Il faut que le tableau fasse objet. Et puis je ne vais pas acheter un morceau de papier jauni», avait-il fini par déclarer comme si ma proposition était complètement conne. Il voulait «de la matière», il voulait «de la folie dans la forme», il voulait que l'artiste «s'amuse avec les couleurs et les conventions». Dans sa sélection, il y avait le tableau d'un artiste qui utilisait de la cire encaustique pour peindre, et qui provoquait un effet de flou en appliquant une surface chaude sur la toile qui faisait fondre les pigments. Le tableau, contemporain, représentait un bloc d'immeubles vu du ciel. «C'est radical. Le procédé est nouveau. J'aime», avait dit Grégoire, qui parlait avec l'assurance d'un commissaire d'exposition. Il avait aussi retenu une œuvre d'un peintre allemand qui avait tracé, en travers de la toile, de grandes bandes noires qui imprégnaient chaque fil du canevas comme un épais goudron. En un équilibre habile, un seul trait jaune venait parachever la composition. J'osai, timide : «C'est un peu austère quand même.» En un rictus, Grégoire m'intima le silence : «Voyons. Regarde la texture, cette texture...» Mais sa préférence allait pour un charmant petit tableau qui nous mettait tous les deux d'accord. Il était de facture assez classique. C'était l'œuvre d'un peintre fauve nommé Louis Valtat et qui représentait le bord d'un lac. On distinguait les silhouettes de promeneurs, un couple assis, des arbres. Surtout, il y avait un ciel presque mauve, qui s'étirait en circonvolutions enveloppant tout le paysage. Comme si le peintre, en un seul et unique mouvement, lent, laborieux et ininterrompu, avait pu tracer tout ce qui était devant nous sur la toile. C'était un tableau séducteur, dès le premier coup d'œil. Puis, à l'épreuve du regard, apparaissaient des détails : les racines de l'arbre plongeant dans la terre, un reflet sur le lac, le canotier d'un promeneur... Grégoire pouvait regarder le tableau pendant de longues minutes, le sourire aux lèvres. C'était l'œuvre la plus poétique, la plus douce. Je trouvais qu'elle correspondait bien à mon ami.

Un samedi après-midi, Grégoire m'invita chez lui pour présenter à son père les trois tableaux sélectionnés. C'était un immense honneur pour moi d'assister à ce moment, et surtout, j'allais enfin rencontrer son père. Le jour J, je montai les escaliers le cœur battant. J'avais mis une chemise, pour me montrer à la hauteur de ce personnage éminent. Grégoire m'avait accueilli dans l'entrée, tendu et peu bavard, tout concentré sur la présentation qu'il allait devoir faire. Puis sa mère l'avait appelé. Je marchais derrière lui, le vieux parquet craquant sur notre chemin, comme deux soldats avançant dans la neige gelée. Tout au fond du salon, baignant dans le contre-jour d'une fenêtre, se tenait la grosse mère de Grégoire. Elle avait la main posée sur la tête d'un fauteuil dans lequel un petit monsieur était assis. L'homme aux costumes et aux montagnes de sucre, le père de mon ami était là. Passant d'un tapis à l'autre, slalomant entre les guéridons, je finis par me prosterner doucement devant celui qui ressemblait au président d'une République ancienne accordant une audience exceptionnelle. Premier constat : son visage était rose, la peau tendue sur les os de son crâne, avec des sourcils gris bien dessinés, en accents circonflexes. C'était un petit homme, qui portait un costume anthracite, même le samedi. Son regard, très bleu, apparaissait à travers des lunettes aux montures fines, presque invisibles. Deuxième constat : Grégoire vouvoyait son père. «Vous êtes prêt pour la présentation ?» avait-il dit quand nous étions arrivés devant eux. Sur la table basse, Grégoire avait déployé des documents relatifs aux trois tableaux sélectionnés. Il y avait les notices des maisons de vente ou des galeries correspondantes, mais aussi des recherches que Grégoire avait faites ces dernières semaines, des notes biographiques, des comptes-rendus d'expositions, des courbes qu'il avait dessinées et qui indiquaient l'évolution de la cote des artistes choisis. Il s'était alors lancé dans un exposé vantant les mérites de chacune des toiles, mais pointant également ce qui pouvait être considéré comme leurs principaux défauts. Souvent, il s'agissait d'ailleurs d'observations concernant la conjoncture entourant l'œuvre, son appréciation par l'époque. Le père de Grégoire s'était alors tourné vers son épouse, il avait eu un petit rire de fierté. Je compris que ce rituel d'achat d'un tableau constituait une forme d'épreuve, un test qui permettait à son père d'évaluer l'œil, le goût, la sensibilité, mais aussi et surtout la raison chez son fils. Une fois la présentation consacrée aux trois tableaux terminée, le père avait demandé : « Compte tenu de toutes ces observations, regarde maintenant ces trois œuvres. Réunis ce que tu sais d'elles. Et demande-toi laquelle représente le choix le plus intelligent. » Sa voix était légèrement aiguë, pointue, elle aurait même pu agacer si elle ne servait pas une élocution parfaite et une langue maîtrisée. Comme un valet, posté légèrement à l'écart, j'observais Grégoire qui fixait intensément tous les feuillets éparpillés sur la table basse. La lumière du salon changea brusquement alors qu'un nuage venait cacher le soleil dans la rue. En un éclair, Grégoire s'était retourné et avait choisi le tableau allemand aux larges bandes noires. « Le Hartung. C'est le meilleur investissement. » Son père s'était alors levé, avait caressé la joue de son adolescent : « Bravo. » Puis il s'était retiré dans ses appartements. J'étais stupéfait. Grégoire n'avait pas choisi son tableau préféré. Il n'avait pas opté pour l'œuvre qui l'attendrissait, qui le transportait, mais plutôt pour celle qui représentait l'achat le plus sûr. Le commissaire-priseur en herbe avait étouffé l'émotion ressentie par le petit garçon.

Quelques semaines plus tard, je notai qu'une reproduction de la vue du lac de Valtat était accrochée dans un coin de la chambre de Grégoire.

8

———

Quelques semaines avant le baccalauréat, le chanteur du groupe le plus triste du monde est mort. Je l'avais appris à la maison, dans le journal télévisé qui était, à l'époque, la première source d'information. Les présentateurs avaient tous la même formule : « Le chanteur du groupe le plus triste du monde a mis fin à ses jours. Il avait seulement vingt-sept ans. » S'ensuivait un commentaire emphatique illustré par des images d'archives du défunt, ainsi que des extraits de ses chansons les plus connues. Mon modèle s'était suicidé. La personne que j'admirais le plus au monde, celui dont je connaissais les chansons par cœur, celui dont j'envierais toujours la chevelure, cet homme qui trouvait sa vie trop douloureuse avait décidé d'y mettre fin. Devant la télévision, maman, émue, avait dit : « C'est moche, un type si jeune... » Papa avait ajouté : « Sûrement une histoire de drogue... » Et c'est ce qui allait m'exaspérer les jours suivants. Tout le monde avait un avis. Les journaux avaient un avis. Un professeur dirait un mot sur son suicide en préambule d'un cours de musique. Et Nicolas, que je continuais à fréquenter depuis le voyage à Venise, provoqua chez moi l'incompréhension, un après-midi au café, en affirmant, de sa voix toujours aussi profonde : «Se suicider, c'est de la lâcheté. On ne se suicide pas, on fait face.» Je pouvais comprendre ce qu'il voulait dire : que le suicide était un abandon, qu'il ne résolvait rien, qu'il mettait fin à tout. Le chanteur du groupe le plus triste du monde était mort de son addiction aux drogues, sûrement, mais quelles autres souffrances étaient à l'origine de son geste fatal? Selon moi, il était un spécimen humain plus sensible que la moyenne, peut-être que son cœur ne savait résister à rien. Était-ce ça, la lâcheté? En tout cas, je ne supportais pas qu'on puisse interpréter, disserter sur les raisons de sa disparition, tant ma douleur d'adolescent était grande. Il n'y aurait plus de chansons tristes et c'était déjà suffisamment difficile à surmonter. Alors, je me recroquevillais dans l'écoute du dernier enregistrement du groupe le plus triste du monde. C'était un bref concert acoustique dans lequel le désenchantement de leur musique était poussé à son paroxysme. Il existait une captation vidéo de ce concert dans laquelle on pouvait constater que le chanteur remuait de tics, son regard était creusé, épuisé, il était drapé dans un énorme chandail difforme, comme un linceul. Parfois, sur une intonation, sa voix tournait faux, mais il ne se reprenait plus. De l'ensemble, il se dégageait une impression de douleur absolue et d'abandon. Le chanteur était allé au bout de sa mélancolie. Il l'incarnait maintenant tout entier, il n'y aurait plus rien pour le sauver. Comme une ultime fatalité, le décor de ce dernier concert consistait en une enfilade de cierges, posés à même le sol. Tout ressemblait à une veillée funèbre, tout était tragiquement à sa place. Et moi j'avais perdu l'idole de mon adolescence. Je ne savais plus qui singer. Alors je rangeai ma guitare dans un placard et j'acceptai que je ne serais jamais blond, que je ne serais jamais une rock star. Et je me coupai les cheveux, comme un soulagement.

Le dimanche soir suivant sa mort, je m'étais installé dans le canapé du salon. Chaque fin de week-end, papa aimait y écouter de la musique en lisant les journaux de la semaine. Le volume était élevé, le son occupait tout l'espace. Enfoncé dans les coussins, je me laissais envelopper par ce jazz qu'il adorait : un piano, une cymbale et surtout un saxophone s'entremêlaient, c'était beau, entêtant. Papa avait dit : «Tu sais, ce saxophoniste a tenté de se suicider plusieurs fois. Il est mort à trente-quatre ans.» Et la musique continuait, s'épanouissait dans l'air. J'imaginais le souffle du musicien qui l'animait, ses souffrances et ce qui l'avait mené à l'abandon lui aussi. La capitulation d'un génie, quoi de plus désespérant ?

Quelques jours plus tard, Grégoire revint d'un stage intensif de philosophie, une matière dans laquelle il devait exceller pour être admis dans les meilleures formations auxquelles il aspirait. Je voulais partager avec lui ma peine. À propos du tout dernier concert du groupe le plus triste du monde, le concert acoustique, je dis : «C'est leur enregistrement le plus mélancolique. Et en même temps, plus je l'écoute et plus je pense que c'est aussi le plus beau. Comme un point final, derrière lequel il ne pouvait rien y avoir.» Grégoire, qui devenait de plus en plus savant à mesure qu'il étudiait pour préparer les grandes écoles, me répondit, plein d'emphase : «*Les Maîtres chanteurs* étaient un des plus beaux opéras de Wagner...» Silence. Je ne voyais pas où il voulait en venir. Puis il avait repris, un peu pédant : «Cosima, la femme de Wagner, disait à propos des *Maîtres chanteurs* : "Puissent les générations futures, en cherchant du rafraîchissement dans cette œuvre unique, avoir une petite pensée pour les larmes qui ont mené à ces sourires."» Silence. Grégoire, tout arrogant qu'il était, avait mis des mots précis et émouvants sur le sentiment que j'éprouvais. Toutes ces larmes qui avaient coulé des yeux du chanteur du groupe le plus triste du monde, elles avaient coulé dans ses chansons. Et ces chansons avaient accompagné mon adolescence, elles me manqueraient pendant toute ma vie d'adulte qui commençait à peine.

9

———

Après le lycée, Grégoire s'était lancé dans les grandes œuvres de sa vie. Il avait intégré une classe qui préparait l'entrée à l'École normale. Initialement créée pour former les enseignants de haut niveau dans toutes les matières, scientifiques comme littéraires, l'École normale s'était progressivement ouverte. Les activités les mieux valorisées dans la société évoluant, de moins en moins d'élèves se destinaient à l'enseignement et beaucoup préféraient devenir hommes d'affaires, responsables politiques, ou même journalistes. Les salaires de la fonction publique étaient de plus en plus maigres et ils ne satisfaisaient plus l'élite formée par l'École normale. Mais dans l'ensemble, elle représentait toujours une institution prestigieuse, socialement fermée, qui assurait à ceux qui y accédaient une rigueur intellectuelle extrême et un avenir d'excellence.

Dans sa préparation, Grégoire travaillait avec une organisation quasiment militaire. Il consacrait un maximum de son temps aux études, il n'y avait plus que ça. Tout juste écoutait-il les dernières livraisons des groupes de rock chinois en s'endormant à une heure avancée de la nuit, après avoir englouti une dernière leçon. Mais ces sacrifices comportaient des récompenses. Il me racontait avec émerveillement comment, dans sa classe, le professeur pouvait demander : «En quelle année Murnau a-t-il réalisé *Nosferatu*?», et voir devant lui se lever les doigts de presque tous les élèves avec la bonne réponse sur le bout des lèvres (1922). Mais surtout, comment beaucoup de ces mêmes élèves étaient capables de citer le nom du compositeur de la musique du film, Hans Erdmann, et pour les plus brillants, de fredonner de mémoire le thème de l'ouverture. Lui, comme tous ses camarades, passait par des moments de souffrances intenses, quand il fallait cheminer laborieusement au milieu de pans entiers d'un savoir inconnu. Mais pour un jeune homme aussi vorace d'érudition que Grégoire, cela constituait une promesse que d'évoluer dans un tel environnement, il en sortirait quelque chose, ce travail serait fondateur.

L'autre grande œuvre de sa vie, c'était bien sûr Caroline. Leur relation venait de connaître une accélération majeure. Au retour des vacances d'été, nous nous étions retrouvés avec Grégoire dans un café. Caroline était là. Elle avait pris place à côté de mon ami, échangeant des regards complices avec lui. Sans que je sache exactement à quel moment leur amour s'était noué, Grégoire et Caroline formaient maintenant un couple. Il avait dû y avoir des rendez-vous, peut-être une correspondance échangée, et puis un premier baiser... Mais je n'avais rien suivi de ces émois, mon ami avait choyé son mystère jusqu'au bout, impénétrable, comme s'il craignait de tout mettre en péril s'il le partageait. Il n'y avait pas eu d'annonce, pas de didascalies pour le monde extérieur. Grégoire avait trouvé son binôme amoureux, et malgré le sentiment de mise à distance que je ressentais, on ne pouvait que s'incliner devant l'harmonieuse évidence. Le nouveau couple semblait impatient que ce premier moment soit enfin purgé, évacué, et je m'étais donc interdit toute curiosité. Au fur et à mesure, j'allais les découvrir, discrets dans la manifestation de leurs sentiments, tout juste les surprenait-on se tenant la main dans la rue. Mais jamais un baiser en public.

Caroline était une jeune femme propre. C'était la première chose qui venait à l'esprit. Elle sentait le parfum frais et léger des femmes de goût, ses cheveux avaient toujours l'éclat et le volume qui témoignent d'un shampoing récent. Ses joues étaient roses et on devinait avec un peu d'imagination une peau veloutée, couleur de bonbon, partout sur son corps. Je découvrais un tempérament vif, une humeur égale, un caractère romantique porté sur les belles choses. Caroline avait lu Proust, elle aimait la peinture classique, Nicolas Poussin et les sonates pour piano de Beethoven. Dans chaque domaine de l'art, elle avait choisi le meilleur et s'y cantonnait, sereine, comme si elle tenait en sa possession une clé secrète qui lui permettait de se concentrer sur l'essence, sans jamais se perdre dans l'air du temps. Ce qui surprenait chez cette jeune femme cultivée, c'est qu'elle était au fond une scientifique. Au restaurant, elle divisait en un éclair le montant de l'addition, au centime près, quel que soit le nombre des convives. Elle pouvait démonter un moulin à poivre et, fascinée, reconstituer ses mécanismes, évaluer l'usinage de chacune des pièces de métal. Caroline se dirigeait vers les plus grandes écoles d'ingénieurs.

Un soir, j'avais rejoint Grégoire et ses camarades de classe qui s'accordaient exceptionnellement un moment de détente. Devant un public masculin dominé par les littéraires, Caroline s'était lancée dans une explication passionnée du fonctionnement du moteur à explosion. Il y avait quelque chose de comique à la voir parler de soupapes, de pistons, de cycles à deux ou quatre temps devant un groupe de jeunes gens qui baignaient dans la philosophie plus que dans l'huile de vidange. En écoutant une jeune femme aussi belle et impeccablement mise, brûlant d'émotion quand elle évoquait l'invention des premiers systèmes de refroidissement liquide, on se disait qu'on avait affaire à une personnalité hors norme, et peu des garçons présents pouvaient résister au charme des formes roses et rondes de Caroline.

De mon côté, j'avais opté pour l'université et des études d'histoire. Sans trop savoir pourquoi. Enfin si... Je savais pourquoi. J'avais une petite amie, et elle avait choisi de faire des études d'histoire à l'université. Alors je l'avais suivie. Olympe était une jeune femme très décidée sur tous les sujets, ses avis étaient toujours bien arrêtés et ses ennemis pulvérisés. Rien n'était négociable avec Olympe. Je ne sais pas si elle m'aimait. Je dirais plutôt qu'elle m'avait pris sous son aile, que je m'étais retrouvé intégré à sa bourrasque. À mesure que je passais du temps avec Nicolas, toujours aussi fasciné par son charme et sa voix, j'avais été amené à rencontrer certaines de ses connaissances. Il y avait des garçons toujours très à l'aise, objectivement beaux gosses, pour qui avoir une copine ne représentait pas l'aboutissement d'un fantasme mais une activité banale à laquelle ils étaient habitués. Ils parlaient fort et sans hésitations. Et si aucun d'entre eux n'avait l'autorité de Nicolas, chacun avait son propre charme, qui résidait la plupart du temps dans une confiance en soi déjà bien affirmée. Il y avait aussi des filles —j'étais là pour elles— qui fumaient des cigarettes, qui ricanaient aux saillies des garçons, qui s'exaspéraient plus ou moins sincèrement de leurs bravades masculines. Elles n'étaient pas toujours très belles, elles bouffaient des mots parce qu'elles parlaient trop vite, leurs hurlements étaient démesurés quand elles se racontaient une anecdote, un ragot. Elles étaient pleines de cheveux et de vie. Elles étaient les filles les plus désirées du lycée, les premières invitées aux soirées, avec des petits amis, et pour certaines, des relations sexuelles à leur actif. Parmi elles, il y avait encore Louise, la reine de ce petit groupe. La nature était si bien faite qu'elle avait créé Louise pour opposer un pendant féminin à l'assise qu'exerçait Nicolas sur le groupe des garçons.

Et moi, j'étais là au milieu d'eux, observateur passionné mais toujours un peu intrus. Nicolas continuait de m'accepter dans ce décor, sans que ses disciples s'y opposent. J'étais comme une présence annexe, et parfois j'étais consulté : sur n'importe quel sujet, Nicolas pouvait parfois demander mon avis, à la surprise générale. Alors les regards interloqués se braquaient sur moi avec une expression de surprise : « Ah tiens, c'est vrai qu'il est là, lui. » C'était l'heure de mon interlude. Je formulais une phrase dans laquelle j'essayais de me montrer subtil, en glissant peut-être un mot érudit, parce que finalement, c'était encore le seul moyen que j'avais de m'illustrer aux yeux du groupe : être un peu moins con que la moyenne. Nicolas opinait parfois de la tête, puis les regards, d'un bloc, se détournaient de moi. D'autres fois, les mots ne venaient pas. Tout s'effondrait dans ma bouche, je bafouillais un propos incohérent et j'espérais que personne ne m'ait vraiment entendu. Dans ces cas-là, j'avais de la peine pour Nicolas qui semblait croire en moi et j'espérais ne pas avoir oblitéré ma dernière chance d'exister quelque part dans le tableau de cette Cène des jeunes adultes les plus cool du lycée.

Un jour, Olympe était arrivée dans ce groupe. Elle était petite et brune, des yeux clairs, une beauté neutre. Rien à signaler. Mais son personnage prenait tout son relief quand elle se mettait à parler. Il y avait dans sa manière de s'exprimer un débit difficile à arrêter, accompagné d'une franchise totale et permanente. Une voix qui jouait toujours un peu dans la même gamme de notes, autour du La majeur. Pour aller avec ses paroles, le regard d'Olympe soutenait toujours celui de ses interlocuteurs. On prenait plaisir à l'écouter, tellement l'intensité de son attitude allait en général avec son propos. Je me souviens d'un débat que nous avions eu, tous ensemble, à propos d'un professeur d'histoire et de géographie particulièrement dur. D'un côté, la majorité condamnait son intransigeance butée. De l'autre, quelques-uns considéraient que la fermeté du professeur servait ses enseignements. Alors que certains hésitaient encore, Olympe avait tranché pour eux d'une rafale verbale : «On n'est pas des débiles et c'est pas de la pédagogie que d'enfoncer des trucs dans nos têtes. Quel cours vous retenez le mieux : celui que vous apprenez avec plaisir ou celui qu'on vous balance à la tronche comme si vous étiez des bêtes à nourrir? Alors? Lequel?» Ceux qui n'étaient pas d'accord n'auraient de toute façon pas pris le risque de la contredire, car c'était s'exposer à un nouvel assaut et ça n'en valait pas la peine. Plus personne ne discutait et Olympe fixait, satisfaite, le petit groupe qu'elle venait de mater.

Nous n'étions pas vraiment faits l'un pour l'autre, Olympe et moi. Je baissais les yeux tous les trois mots, quand elle tenait le regard de tous. Je ressentais en sa présence un mélange de terreur et d'appréhension pour l'éruption imminente. Malgré ces différences, le moment était arrivé où Olympe m'avait plaqué contre la pierre de taille d'un immeuble et m'avait embrassé. Elle avait le goût du tabac et moi celui de l'effroi. Je me laissais faire, parce que ça signifiait que j'avais une petite amie et surtout parce qu'on ne disait pas non à Olympe.

Lors de notre troisième rendez-vous, nous avions fait l'amour. Cela s'était passé dans sa chambre. L'après-midi était beau, un rayon de soleil venait lécher la moquette par-dessous les rideaux tirés. Là où Olympe était si expansive devant un auditoire à convaincre, elle s'était révélée quasi muette dans l'intimité de nos corps. Après nous être tortillés frénétiquement l'un contre l'autre, maladroits et mal synchronisés, nous avions plus ou moins joui, à tour de rôle, puis chacun s'était déployé de son côté du lit. Je venais de faire l'amour pour la première fois. Les yeux au plafond, je me disais qu'au fond, je n'étais pas très convaincu par l'acte sexuel. C'était un moment physique nouveau, mais je n'avais pas ressenti la magie supposée et Olympe n'avait pas hurlé de plaisir comme je m'y attendais. Il me restait vraisemblablement beaucoup à apprendre.

Quelques semaines plus tard, Olympe avait décidé de faire des études d'histoire, optant pour une faculté peu réputée et orientée «à gauche». Je décidai de la suivre parce que j'étais plutôt bon élève en histoire, parce que je n'avais aucune conviction politique et parce que je n'avais aucune idée du métier que je souhaitais exercer. Suivre Olympe m'exemptait de beaucoup de questions. Devant maman, j'avais expliqué que l'histoire pouvait mener à tout : aux sciences politiques, au journalisme, aux carrières de la fonction publique... Et après tout, petit enfant, ne rêvais-je pas de devenir archéologue ? Maman ne pouvait pas dire non à un rêve de gosse. Elle m'apporta son consentement : «Tant que tu es heureux et que tu sais où tu vas.» Je remplis des formulaires et je devins donc étudiant en histoire.

Les premières semaines, j'étais assez heureux : les cours à l'université nous laissaient du temps libre et nous pouvions nous exercer au sexe avec Olympe, sans que, pour autant, nous ressentions une émotion supplémentaire par rapport à notre première fois. Nos progrès étaient lents. Quant aux enseignements, ils étaient de faible intensité, peu exigeants. Dans les premières semaines, je me portai volontaire pour réaliser un exposé sur Rosa Luxemburg, une figure de l'Internationale socialiste à la fin du XIXe siècle. Je copiai quelques passages trouvés dans un ouvrage de référence, les arrangeai avec mes mots pour que le plagiat ne soit pas trop flagrant, puis je les récitai, la voix tremblante, devant un groupe d'élèves peu concentrés. Mon exposé fut une réussite, récompensé d'une excellente note. J'espérais qu'Olympe tirerait quelque fierté de cette première prouesse universitaire, mais au contraire, elle commença à manquer des cours, puis des journées entières de cours, puis des semaines. Je guettais son arrivée devant l'amphithéâtre, jusqu'au dernier moment, avant de m'asseoir seul, là où il restait de la place. En fait, je n'avais plus aucune nouvelle d'elle. Au bout de quinze jours de silence, Olympe me convoqua dans un café. Premièrement, tout était fini entre nous. «Il ne se passe rien. Inutile de s'obstiner», avait-elle décrété. Deuxièmement, elle abandonnait l'histoire et s'était inscrite dans une école d'art. Je n'avais rien trouvé à objecter et Olympe avait profité de ma mollesse pour s'échapper : «Il faut que je te laisse, j'ai un rendez-vous.» J'étais resté là, célibataire, un peu triste, mais moins puceau.

Maintenant seul et livré à moi-même dans une université «de gauche», j'étais poussé à faire connaissance avec les autres étudiants. Je découvris un environnement social nouveau. J'avais jusqu'ici évolué dans un milieu privilégié, entouré d'élèves favorisés, éveillés à la culture, aidés par leurs parents le soir au moment des devoirs. Mais à l'université, les catégories d'origine étaient très mélangées. Je faisais des études, presque comme un luxe, parce qu'il fallait en faire, alors que la plupart des autres étudiants devaient travailler pour les financer, ils organisaient leurs journées pour concilier leurs petits boulots avec leur emploi du temps. Ils avaient peu de loisirs, toujours les mêmes vêtements. Ils sortaient peu. Et compte tenu de la difficulté qu'ils avaient à joindre les deux bouts, il fallait leur reconnaître un certain courage : celui d'avoir opté pour une matière, l'histoire, qui offrait peu de débouchés professionnels, à part l'enseignement, et qui en tout cas ne laissait pas entrevoir de carrières aux rémunérations confortables. Je me liai notamment d'amitié avec Philippe. Un solide garçon, toujours un peu cramoisi des joues, plein d'énergie, au rire parfois brutal. Philippe avait grandi dans l'épicerie que tenait son père dans une banlieue lointaine. C'était un étudiant sérieux, qui assistait à tous les cours, prenait ses notes avec application, d'une écriture épaisse et ronde. Il n'hésitait jamais à poser des questions, révisait comme un forcené avant les examens. Tous les matins, Philippe arrivait en moto depuis sa banlieue. Il roulait presque une heure dans l'enchevêtrement des routes et des bretelles de périphériques qui étreignaient la ville. Et dans les salles de classe, il traînait toujours avec lui un énorme casque multicolore. Après le lycée, Philippe avait commencé à travailler avec son père, dans les rayons de l'épicerie familiale. Mais finalement, ça n'avait pas collé. Il s'ennuyait à tenir la caisse une fois de temps en temps, à faire tourner un tout petit commerce qui avait vu sa clientèle siphonnée par les hypermarchés des zones commerciales alentour. Alors, Philippe avait voulu faire des études. Il avait choisi l'histoire parce qu'il prenait plaisir depuis l'enfance à lire les biographies qu'on offrait à sa mère chaque année à Noël. Il était fasciné par Louis XIV, par Napoléon, par Lénine et par toutes les figures d'empereurs. Mais, il le disait dans un éclat de rire : « J'ai pas intérêt à me planter dans les études... Sinon c'est retour à l'épicerie ! » Philippe jouait son avenir à l'université tandis que pour ma part, Olympe était le stimulus dérisoire qui m'avait poussé vers l'histoire. Et maintenant qu'elle avait quitté la fac, je ne savais plus trop pour qui briller quand je faisais des exposés. Par ailleurs, je comprenais peu à peu pourquoi l'université qu'Olympe avait choisie était présentée comme « de gauche ». Les enseignements dispensés s'orientaient souvent vers la période charnière de la fin du XIX⁰ siècle et du début du XX⁰ siècle pendant laquelle les idées socialistes s'étaient épanouies dans la culture et les opinions européennes. Par exemple, parmi les cours proposés, on pouvait trouver une «histoire des syndicats en France au XXe siècle», ou une «histoire du radicalisme et du socialisme moderne», et encore un énigmatique «Identités et altérités : histoire comparée de l'Europe».

Cela faisait beaucoup rire Grégoire qui s'amusait à inventer les noms des cours que j'aurais à étudier dans mon futur universitaire : «Justice sociale et développement des solidarités humaines, de Marx à Jaurès», mais aussi, «histoire de l'idéologie des gauches et des savoirs marxistes, de Jésus à nos jours», ou son préféré, «Pourquoi la SFIO, finalement, c'était quand même pas si mal?».

Au printemps, Grégoire avait été confronté à la première difficulté de son parcours d'élève brillant : le concours d'entrée à l'École normale. Et une épreuve en particulier qui lui posait toujours problème, celle de philosophie. Le jour de l'examen, l'énoncé tenait en un seul mot : «Expliquer.» Durée : six heures. *A posteriori*, Grégoire m'avait raconté sa panique : il avait passé la première heure de l'épreuve, interdit face à ses feuilles de brouillon, à griffonner des constellations de mots sur le papier. Le désir scientifique d'expliquer, la prétention à vouloir tout expliquer, la capacité du religieux à dépasser l'explicable... Quelle piste choisir? Pourquoi l'une plutôt que l'autre? Puis il s'était lancé. Grégoire avait abordé le sujet par le prisme scientifique et plus précisément celui des mathématiques. Une partie de sa copie était notamment consacrée aux travaux du mathématicien Alexandre Grothendieck qui avait usé sa vie et sa santé mentale à tenter de trouver la clé générale aux théories mathématiques, celle qui pourrait unifier l'algèbre et la géométrie, celle qui cachait peut-être en elle la réponse à... tout. Quel désir d'expliquer pouvait être plus sublime? Grégoire détaillait comment les travaux laissés par Grothendieck après sa mort restaient indéchiffrables pour le commun des mortels, et même pour les mathématiciens les plus expérimentés. Il terminait sa démonstration en mettant en relief la suprématie et le mystère du désir d'expliquer. Quel autre objectif intellectuel pouvait-il y avoir dans la vie ?

Grégoire était sorti épuisé de son examen, comme s'il avait traversé une épreuve personnelle, au-delà du seul objectif de réussir son entrée à l'École normale. Face à une question difficile, il avait déployé toutes ses forces pour parvenir à une réponse, complexe, qui lui semblait la plus sincère, la plus en adéquation avec la totalité de ce qu'il savait. Devant une bière à moitié vide, il s'était avachi, dans une posture dans laquelle je l'avais rarement vu. Éteint, il s'était contenté d'un : « J'ai littéralement tout donné. » Après quelques lasses paroles, il avait préféré rentrer chez lui. Grégoire avait ramassé la liasse des feuilles de brouillon et l'énoncé de l'examen qu'il avait conservés. En se levant, un petit morceau de papier était tombé. Je l'avais ramassé, puis déplié après son départ. C'était le paysage de Valtat, imprimé en couleurs sur un petit carré découpé aux ciseaux. La seule antisèche de Grégoire.

À l'université, quelques jours avant la grande session d'examens qui clôturait l'année des étudiants en histoire, Philippe était mort à moto. Un jour de pluie, il avait été balayé par un camion sur une des portions d'autoroute qu'il empruntait quotidiennement. Un professeur avait annoncé son décès face à un amphithéâtre dont la plupart des élèves n'avaient jamais remarqué sa présence. Moi-même, je réalisais que je le connaissais à peine, que Philippe était un personnage pour lequel je m'étais pris d'affection, mais que nous n'avions jamais bu un verre ou échangé en dehors de la fac. Philippe avait « un prénom de vieux », c'est ce que je m'étais dit la première fois qu'il s'était présenté à moi. Aujourd'hui, il était mort, éliminé, fauché, coupé à sa racine, rasé de la surface du monde. Ses projets disparaissaient avec lui, et son père serait éternellement seul dans sa petite épicerie de banlieue. C'était injuste. Je me sentais stupide d'avoir atterri à l'université pour une fille qui ne m'aimait même pas, crétin de ne pas être là pour de bonnes raisons, idiot de ne pas être capable de la sincérité de l'engagement de Philippe. Pour l'ensemble de mon œuvre, l'université m'octroya pourtant une mention « Très bien » à l'issue de ma première année d'études supérieures. J'en gardai comme seule impression l'envie violente de tout reprendre à zéro.

10

————

L'automne qui avait suivi était chaud, avec des jours longs et indolents qui retenaient encore pour quelque temps la frénésie définitivement grise de la rentrée à venir. Les jeunes gens se réunissaient dans les jardins publics, sous la houppe des platanes qui commençaient à prendre leur teinte cuivrée de saison. Les pelouses des parcs pépiaient des récits de vacances, des marques de maillots et des amours de bord de plage. Moi j'espérais les premiers froids, la grisaille et la nature décatie. J'avais passé l'été à randonner dans les Alpes avec papa et maman, à ruminer l'absence de mes projets en grimpant sur des sentiers brûlants. J'en voulais à mes parents de ne rien deviner de cette détresse. Alors je m'abrutissais dans les marches en plein soleil, ivre de l'odeur des fleurs des alpages, soûlé par le tonnerre des torrents. J'aimais particulièrement les descentes, quand on pouvait enfin dévaler les sentiers sur lesquels on avait tant sué à la montée. Il y avait quelque chose de violemment gratuit à descendre aussi vite, là où l'on avait souffert à chaque pas dans le sens inverse. La montée était pénible, lente, presque intellectuelle. Il était préférable de trouver un sujet de réflexion et s'y fixer, afin de penser à autre chose qu'au pas suivant, à la dénivellation, aux innombrables lacets encore à parcourir. Le principe de la descente était radicalement inverse. La seule préoccupation était celle de l'équilibre, et quand on maîtrisait cet élément, il ne restait plus qu'à projeter le poids de son corps vers le bas, à bondir d'un appui à l'autre, et voir celle qu'on avait fuie si laborieusement, la vallée, se rapprocher inexorablement. Pendant que je m'étourdissais dans les descentes alpines et le cri des gravillons, les résultats du concours d'entrée à l'École normale étaient tombés : Grégoire était admis, à un rang honorable, une belle victoire. Cet automne-là, il lui restait donc quelques semaines de vacances avant d'être officiellement reçu dans la prestigieuse institution. Quelques semaines sans objectif, une parenthèse d'oisiveté avant de reprendre la course de sa vie. Une fois l'accord de Caroline obtenu, nous avions décidé de partir une semaine en Espagne. Grégoire avait un ami qui pouvait nous accueillir dans la province de Malaga, sur la côte est de la péninsule ibérique. C'est avec le même souci de performance qu'il appliquait à tous les registres de sa vie que Grégoire avait organisé les détails pratiques de notre voyage. Il avait notamment mis en concurrence les différentes compagnies aériennes pour obtenir les meilleurs tarifs pour nos vols. De mon côté, je traînais dans les grandes surfaces culturelles pour étudier les guides de voyage, copier les adresses des sites touristiques dignes d'intérêt et des boîtes de nuit les plus réputées.

Puis finalement, parfaitement préparés, nous avions embarqué pour ce que Grégoire décrivait comme «le vol le moins cher de l'histoire des vols entre la France et l'Espagne». Dans l'avion, mon ami lisait un petit livre d'Emmanuel Levinas intitulé *Éthique et infini*. Ce titre, à la complexité comique, suggérait qu'il s'agissait d'un ouvrage de philosophie. J'avais alors demandé à Grégoire : «Au fait, l'examen de philo, quelle note?» Sans même lever les yeux, il avait répondu «12 sur 20», d'une voix qui couvrait à peine le bruit des réacteurs. Je n'avais pas insisté. Et mon ami était resté concentré sur son livre pendant toute la durée du vol. Plus jamais nous n'avons reparlé de l'épreuve de philosophie de l'École normale.

En Espagne, l'ami de Grégoire nous avait réservé un accueil somptueux. Il s'appelait Douglas, c'était un très grand garçon, très brun, aux cheveux très épais, très frisés, un jeune homme au physique viril, avec un faciès de taureau, une bouche bizarrement foutue, prognathe, avec des toutes petites dents du bas, très serrées, qui s'avançaient quand il riait. On comprenait à qui on avait affaire quand on serrait sa main solide : on se sentait emprisonné dans un gros steak de chair. Il habitait une station balnéaire très appréciée des clientèles les plus fortunées pendant l'été. Le front de mer était occupé par des restaurants, des cafés avec de grandes terrasses richement décorées. Tandis que dans les rues parallèles, les marques de luxe déployaient leurs vitrines, impressionnantes, avec une mise en scène précise, étudiée, souvent belle. On se trouvait captivé, comme devant une œuvre d'art, alors qu'on regardait un sac à main ou une chaussure. Nous avions débarqué un peu après le cœur battant de la saison touristique. Il y avait quelque chose de doucement pathétique à voir la plupart de ces boutiques totalement vides. On pouvait imaginer les foules colorées se pavanant dans les rues chaudes de la ville une ou deux semaines auparavant. Les plus belles femmes culminant sur leurs talons, toutes de voiles et de mystères, fendant la foule au bras d'hommes riches et satisfaits. Mais l'exubérance de l'été à peine dissipée, il ne restait que l'impression d'un territoire d'après-guerre conquis puis délaissé avec, au milieu du champ de bataille, des commerçants repus, hébétés par la fatigue.

Devant l'immeuble dans lequel il logeait, Douglas avait dit : « Voici l'un de nos plus beaux projets. » Son père était l'un des architectes les plus prolifiques de la région, il avait contribué au développement fulgurant de l'immobilier sur cette partie de la côte. Partout depuis l'aéroport, on voyait les squelettes de béton et les grues des chantiers en cours. On pouvait s'amuser à deviner de futurs hôtels *all inclusive* ou encore des lotissements de luxe à quelques mètres de la plage. La plupart du temps, Douglas montrait du doigt les constructions en commentant : « Ça c'est mon père. » Grégoire était fasciné, il posait des questions, demandait quand tel ou tel chantier serait achevé, s'interrogeait sur les prix, l'offre et la demande pour ce type de logements dans les environs.

Douglas nous avait conduits chez lui. Il s'agissait d'un bloc d'immeubles, sans grand charme. Il vivait dans un appartement vraiment très grand pour un garçon de son âge. Juste après l'entrée, il y avait une première pièce vide dans laquelle du linge séchait, et c'est tout. Ensuite, un couloir desservait plusieurs chambres dans lesquelles il n'y avait rien, à part un sommier sur lequel gisait parfois un matelas. Et tout au bout, un vaste salon ouvert sur une véranda, avec un canapé blanc, long de cinq ou six mètres. Partout, du carrelage, comme souvent dans les appartements de bord de mer. Rien d'accroché aux murs, très peu de meubles, des portes lourdes et des piles de vêtements entassés à quelques endroits stratégiques. Le clou du spectacle, c'était la salle de bains. Douglas nous y avait emmenés d'un énigmatique « Venez voir ça... ». Il nous avait laissés entrer devant lui dans une vaste pièce ornée de miroirs. Un grand box de Plexiglas abritait une douche dans laquelle il y avait un petit banc où s'asseoir quand on faisait sa toilette. Douglas marchait lentement et son reflet se démultipliait dans les miroirs fixés un peu partout autour de nous. Avec la désinvolture d'un professeur qui déclame une leçon maintes fois récitée, il avait dit : « Regardez ce mur », en montrant du doigt une des grandes dalles de marbre qui fermaient la pièce. « Et maintenant regardez cet autre mur, ici », en désignant la dalle perpendiculaire à la précédente. « Observez bien... Vous ne voyez pas ? » Un instant pour nous laisser réfléchir... « Tout est parfaitement symétrique » avait lancé Douglas avant que nous ayons eu le temps de constater quoi que ce soit. Effectivement, le motif des nervures du marbre se reflétait parfaitement d'un mur à l'autre. Et après quelques secondes d'observation, on avait l'image mentale d'un énorme bloc de pierre, tranché au millimètre, pour permettre l'effet de style incroyable de la salle de bains de Douglas. Alors que nous allions quitter la pièce abasourdis, il avait activé un bouton dans l'entrée, sans pour autant que la lumière s'éteigne. Il s'était tourné vers nous, sûr de son effet : « Vous sentez vos pieds se réchauffer progressivement ? » Un instant pour réaliser la sensation... Puis : « C'est normal. Vous marchez sur un film thermique qui peut chauffer le sol en quelques secondes... » Grégoire et moi nous étions regardés stupéfaits.

Notre semaine espagnole s'annonçait intense. La journée, nous empruntions la voiture de Douglas pendant qu'il allait travailler dans le cabinet d'architecture de son père. Les routes sèches de la région défilaient, on apercevait ici ou là des immeubles ou une villa en construction. À intervalles réguliers, on découvrait des paysages de collines rabotées, d'immenses surfaces planes raclées dans le relief. Soudain, c'est Grégoire qui avait deviné : il s'agissait de travaux de terrassement pour l'aménagement de futurs lotissements et de parcours de golf. C'était troublant d'imaginer que dans quelques mois, quelques années, le paysage que nous parcourions serait profondément changé, modifié, et habité par l'humain. Cette terre était décidément pleine d'avenir.

En attendant, nous avions visité Grenade et l'ensemble palatial de l'Alhambra, construit par les émirs au XIVe siècle. Les moucharabiehs habillaient finement les fenêtres et des réseaux de losanges couvraient les murs et les colonnes à en perdre la tête. Grégoire expliquait que la tradition de l'art musulman interdisant la représentation des figures, c'était ces entrelacs qui remplaçaient les dessins de personnages ou les paysages. Pendant que Grégoire poursuivait ses explications, je m'abandonnais à une espèce de transe, plongé dans la beauté travaillée des décors.

Après les visites, nous rentrions chez Douglas, au milieu des plaques de marbre et des sofas immaculés. Un soir, Grégoire avait extirpé de son sac une boule de tissus, une sorte d'amalgame de linge sale. Il nous avait réunis autour de la table basse, tout en désemmaillotant le contenu de plusieurs T-shirts. Et juste avant de défaire le dernier des nœuds, il avait dit : «Messieurs...», puis était apparue une superbe boîte laquée, dans laquelle s'alignaient des cigares. «Des Cohiba Behike», avait-il précisé avant de se lancer dans un exposé raffiné sur leur fabrication, les couleurs de cape et les règles très précises qui régissent chacune des différentes appellations. Les cigares qui étaient devant nous avaient été rapportés par le père de Grégoire qui s'était rendu quelques mois auparavant dans les champs de canne à sucre cubains. Ils avaient apparemment été roulés par une vieille femme qui fabriquait les cigares des plus hauts dignitaires à La Havane. Douglas était allé chercher un couteau et une bouteille de whisky, mais Grégoire avait protesté car le tabac se mariait bien mieux avec le rhum. Nous n'avions que ça sous la main, alors dans le silence, nous avions chacun coupé l'extrémité de nos cigares et commencé à fumer. La pièce s'était gonflée d'une odeur crémeuse et boisée tandis que nous crachions quelques quintes de toux après avoir malencontreusement avalé la fumée. La douceur liquoreuse du whisky combinée à la puissance du tabac me donnait la nausée, mais par respect pour le travail de la dame de La Havane, je fumai mon cigare jusqu'au bout.

Les nuits se poursuivaient ensuite dans les bars alentour, la plupart du temps vides car la pleine saison était passée. Il y avait de la musique et quelques lasers qui balayaient l'espace, parfois un couple dansait après un dîner arrosé. Ils se fixaient avec des yeux brillants, buvaient à peine un verre avant de filer consommer leur excitation. Nous étions tous les trois à l'affût de la moindre étincelle dans cette atmosphère de fête triste. Et le dernier soir de nos vacances, elle était finalement arrivée. Comme un acte de grâce, un groupe de jeunes Anglaises s'était retrouvé dans le même établissement que nous. À l'instant même où elles étaient entrées dans le bar, une tension s'était imposée : nous ne parlions plus, les yeux rivés sur les quatre jeunes femmes qui commandaient des verres et s'agitaient sous nos yeux. De toute évidence, quelque chose nous destinait, nous obligeait presque au rapprochement avec leur groupe. C'était dans l'ordre des choses. Les filles avaient bu un ou deux verres et s'étaient mises à danser, erratiquement, comme souvent les Anglaises quand elles commencent à dépasser les limites de l'ivresse. Après avoir observé le spectacle un moment, et toujours sans un mot, Douglas avait posé son verre et s'était avancé vers elles. Il avait stationné quelques minutes à une distance raisonnable, tout en leur adressant de grands sourires. Après un certain temps, il s'était mis à danser puis avait fondu en déhanchements chaloupés sur l'une des jeunes filles. Pas la plus belle, mais celle qui répondait le plus explicitement à ses sourires. Douglas l'avait enlacée d'un bras, lui glissant un mot à l'oreille, approchant son bassin du sien. C'est alors que les autres filles, et même la plus jolie, se mirent à jeter des regards vers Grégoire et moi, comme s'il était attendu de notre part un rapprochement similaire. Mais nous restions vissés à nos tabourets près du bar. Grégoire avait la mâchoire fermée, les yeux fixés sur Douglas qui embrassait maintenant l'Anglaise à pleine gorge. J'étais tétanisé et le goût du cigare avait dégénéré dans ma bouche en une sécheresse putride. Les filles dansaient au ralenti sous mes yeux. Au moins deux d'entre elles étaient belles, ou assez belles pour que je puisse les désirer, tout en sachant que je ne les rejoindrais jamais. Je n'avais pas la méthode, comme Douglas, je ne savais pas séduire une fille sans lui parler des heures. Et j'avais honte de mon corps quand je dansais. J'enviais Grégoire qui était amoureux et qui pensait sûrement à Caroline, qui résisterait à la tentation grâce à elle. Nous étions restés longtemps en silence, à contempler la torture du moment. Puis les filles, épuisées d'attendre, avaient abandonné la piste de danse et finalement quitté l'établissement toutes ensemble en un défilé titubant de mines grises. Douglas nous avait rejoints triomphant, offrant une ultime tournée d'alcool fort. Les yeux ailleurs, un sourire rêveur sur le visage, il avait déclaré : «Je l'aurais bien baisée.»

Nous étions rentrés chez Douglas en parlant fort, en pissant dans les venelles, en rigolant du rire sans retenue des ivrognes. À l'appartement, la fatigue s'était abattue sur nous. Grégoire s'était endormi, roulé dans un plaid sur le grand canapé blanc, comme vaincu par la force des pulsions contre lesquelles il avait dû lutter pendant cette soirée. Hébété, les jambes lourdes, je m'étais brossé les dents face à ma gueule réfléchie dans les miroirs, éclairée violemment par les néons de la salle de bains. Je ne comprenais pas bien ce visage, mon visage, la finesse de mes traits, la timidité de mon regard. Il n'était pas franc ce visage. Il manquait de menton et d'arcades sourcilières. On ne savait pas vraiment à quoi s'en tenir face à lui. Ce n'était pas le visage d'un idiot, mais ce n'était pas non plus celui d'un héros. Heureusement, j'avais les pieds au chaud.

11

Après cette dernière soirée passée dans les vapeurs d'alcool et dans la déception des pistes de danse, il fallut quitter l'Espagne. Douglas nous avait accompagnés à l'aéroport en un trajet muet qui puait la gueule de bois. Le long de la route, les carcasses continuaient à s'habiller de béton. Il y aurait bientôt ici de nombreux nouveaux lieux de villégiature pour vacanciers ou pour retraités aisés. La route lisse s'étalait en une immense courbe bordée de palmiers et venait lécher le pourtour de l'aéroport sur un fond de ciel clair. Nous nous étions échoués comme des gisants de pierre, inactifs et froids, sur les sièges d'acier du terminal des départs. Nous étions très en avance sur l'horaire de notre vol, alors de temps en temps l'un de nous se levait pour errer mollement autour des quelques attractions de l'aéroport : la cafétéria, une boutique de souvenirs, le marchand de journaux. Devant ce dernier, je m'étais étonné de l'appétit des voyageurs espagnols pour les titres de presse écrite. Ils se pressaient autour des présentoirs, les quotidiens s'arrachaient. L'échoppe semblait prise d'assaut, là où les journaux peinaient habituellement à se vendre dans mon pays. Je traînais mes pieds dans l'immense hall des départs, en détaillant les visages de ceux qui allaient bientôt s'envoler, retrouver leurs contrées, leur famille, partir pour un voyage, découvrir un nouveau territoire. Il y avait des blonds, sûrement des Européens du Nord, rouges du soleil andalou auquel ils s'étaient exposés. Il y avait de massives Espagnoles qui traînaient des valises à roulettes tout en rappelant à l'ordre des enfants qui s'égaraient pendant qu'elles filaient, déterminées, vers les guichets d'enregistrement. Il y avait aussi des compatriotes qui baissaient la voix à mon approche, car j'avais justement une tête à être un de leurs compatriotes. On parle plus librement à l'étranger, sans trop se soucier d'être entendu ou compris. Alors quand on soupçonne quelqu'un de comprendre notre langue, on se méfie, on prend ses précautions. Et quand on se reconnaît, quand on se démasque, on préfère baisser les yeux et filer.

Fixés aux murs, à intervalles réguliers, des écrans diffusaient des programmes d'information dans lesquels des hidalgos aux mines concernées commentaient des faits d'actualité. L'événement préoccupant du moment semblait être un incendie, dont on devinait les vestiges sur l'écran où tournaient en boucle les mêmes images d'un tas de cendres et de fumerolles. Un gros incendie. Des grappes de passagers s'étaient regroupées devant les écrans, confirmant l'intérêt étonnant des Espagnols pour tout ce qui avait trait à l'information.

Courbatus, épuisés, nous avions fait nos adieux à Douglas juste avant de pénétrer dans la zone d'embarquement. La semaine avait été divertissante, au sens propre du terme : Grégoire s'était dégagé des enjeux intellectuels qui l'avaient occupé ces derniers mois. Pendant la semaine, il avait peu été question d'infini, ou du désir humain de tout vouloir expliquer. De mon côté, ces quelques jours de fête m'avaient permis de ne pas penser aux cours qui allaient bientôt reprendre dans l'université de gauche. Les yeux gonflés par la fatigue, Douglas nous avait salués de sa pogne virile avant de tourner les talons vers sa cité balnéaire de luxe et ses fastueuses perspectives immobilières.

Grégoire et moi, nous avions déposé nos objets métalliques dans les caisses en plastique prévues à cet effet, prenant garde à ne pas oublier une pièce au fond de nos poches, avant de franchir à tour de rôle les portiques de sécurité. Bientôt, nous pourrions enfin nous assoupir dans le souffle continu et puissant des réacteurs de l'avion. Devant notre porte d'embarquement, un groupe s'agglutinait encore devant un écran qui diffusait la suite des programmes aperçus plus tôt. Qu'est-ce qui pouvait expliquer une telle passion pour l'actualité à l'aéroport de Malaga ? Et soudain, en une fraction de seconde, l'évidence me saisit l'estomac. Je me tournai vers Grégoire : « Il s'est passé quelque chose... »

Ce qui, sur les écrans, semblait être un incendie, était en fait le résultat d'une catastrophe advenue la veille. Une attaque terroriste avait touché un pays ami. Sa ville symbole était meurtrie en son cœur, d'une telle manière que plus rien ne serait jamais comme avant. Nous nous étions approchés des télévisions devant lesquelles chacun allait de son commentaire : « Un événement hors du commun... », « On pouvait s'y attendre », « Ils l'ont bien cherché. » Grégoire avait avisé un vieil homme pour en savoir plus : des terroristes avaient mené une opération coordonnée pour anéantir un édifice emblématique de la ville symbole. Un avion s'était planté dans l'altitude d'une tour, là-haut dans le soleil radieux d'une matinée d'automne, à l'heure où les salariés cheminaient vers leurs postes de travail. En une fraction de seconde, des milliers de personnes étaient passées d'un quotidien ensoleillé, d'une journée sans surprise, aux hurlements, à la solitude de la course pour la survie, à la brume dense et au fracas des explosions. Dans les grandes lignes, voilà ce qu'il s'était passé. Le vieux racontait ensuite avec une forme d'exaltation les images macabres qui s'étaient succédé : des corps désespérés se jetaient dans le vide pour échapper à une mort encore plus atroce, les habitants de la ville symbole fuyaient le site du drame, la terreur logée dans leurs yeux. L'édifice s'était finalement effondré, et voilà ce qu'il en restait : cet amas de cendres fumantes que les caméras filmaient sous tous les angles. Un événement purement historique avait eu lieu, et nous étions passés à côté. Ou plutôt, nous avions continué à vivre, à côté, sans le voir, sans même être au courant.

Un peu avant d'embarquer dans l'avion, nous nous étions rués à notre tour sur les étals d'un marchand de journaux. Il ne restait plus qu'un exemplaire d'un quotidien italien. Installés à nos places, nous nous étions répartis les pages sur le sujet. À quelques fauteuils de nous, un mari raisonnait son épouse qui hoquetait au milieu de pleurs, terrorisée d'avoir à prendre l'avion au lendemain d'une telle catastrophe. Pourtant, aucun des périls actuels ne nous concernait directement, nous étions à l'abri, nos ceintures étaient bouclées et un plateau-repas allait nous être servi par une hôtesse souriante. Le vol fut cotonneux comme tous les vols, la consigne lumineuse signalant les turbulences ne s'alluma que deux fois, tandis que nous déchiffrions le journal italien. Enfin, l'avion amorça sa lente et lourde descente, passant du ciel bleu et lumineux des hauteurs à la blancheur inquiétante qui annonce le sol. Nous avions finalement transpercé le couvercle de nuages qui pesait sur la ville pour découvrir l'agitation humaine, les champs marronnasses, les zones industrielles et les petites voitures qui suivent sagement l'asphalte des routes comme des fourmis en colonnes. C'était la fièvre grise du monde dans laquelle nous allions nous refondre.

12

À mon retour, maman avait dit : « Tu as vu ce qu'il s'est passé ? » Et franchement, non, je n'avais pas vu grand-chose de ce qu'il s'était passé, j'avais été trop occupé à fumer des cigares dégoûtants, à lutter contre ma frustration dans les bars espagnols, mais ça, je préférais ne pas le raconter à maman. D'après les premiers bilans, il y avait eu des centaines de morts. Tout s'était produit en un seul instant spectaculaire que le monde entier avait observé, analysé, avant de se remettre en route, comme si de rien n'était, quand même un peu étourdi par le choc, pauvre petit monde. Maman trouvait que c'était terrible tous ces gens disparus, la souffrance de leurs proches et la dévastation constatée par tous. Les champs de cendres froides diffusés en boucle à la télévision et les victimes qu'on imaginait enfouies, qu'on ne retrouverait jamais. Des tours s'étaient effondrées au cœur de la ville la plus cinématographique du siècle, avec des milliers d'innocents en leurs deux ventres. Le traumatisme était partagé dans tous les pays du monde occidental. Je me demandais où était l'Histoire : dans mes cours à l'université ou dans l'atroce récit qui était fait des derniers coups de téléphone des victimes avant la mort ? Chacun se souviendrait de ce qu'il faisait ce jour-là, un peu comme pour une finale de Coupe du monde de football. Les événements les plus spectaculaires, quels qu'ils soient, heureux ou dramatiques, favorisent la consolidation de nos souvenirs. Et mon récit à moi, c'était d'être passé « à côté », d'avoir découvert ce morceau d'Histoire après tout le monde, à l'aéroport, avec la gueule de bois.

Un soir, quelques semaines seulement après notre retour d'Espagne, j'avais retrouvé Caroline et Grégoire dans le studio dans lequel ils venaient d'emménager. C'était une pièce exiguë, avec la configuration bizarre d'un triangle isocèle. La tête du lit était posée contre l'un des côtés, créant ainsi deux angles morts de part et d'autre. Les murs avaient été jaunis par la fumée de cigarette du locataire précédent, deux fenêtres, de la moquette bleue, une table basse. Les livres entassés en piles le long de la pièce dessinaient comme l'horizon d'une ville, une agglomération de gratte-ciel, des immeubles de pages découpés sur les murs. C'était la seule touche vraiment personnelle. J'étais attendri face à ce couple installé dans son premier logis, dans cette pièce biscornue, en attendant de se projeter vers les surfaces beaucoup plus confortables qui lui semblaient promises. Après l'attentat, Grégoire avait tenté de combler son retard sur l'événement : il avait lu toute la presse, visionné tous les journaux télévisés, il s'était passionné pour les analyses, les tribunes d'intellectuels ; excité comme un chien rongeant son os. C'était pour lui « le retour de l'Histoire », et il aimait le marteler avec emphase dans les discussions entre amis ou dans les dîners en ville. Grégoire avait d'ailleurs trouvé un environnement fertile à ce genre de débats. Il venait d'intégrer l'École normale et se trouvait maintenant entouré des meilleurs élèves de la nation, les plus doués, ceux qui avaient résisté aux épreuves d'une scolarité hors normes.

Ils constituaient une petite société de jeunes adultes brillants, ayant confirmé les espoirs placés en eux, et qui en retiraient, pour la plupart, une solide confiance en leurs capacités.

L'entrée à l'école était loin de représenter un aboutissement pour eux. Parallèlement aux cours, certains écrivaient des romans, travaillaient à un scénario. D'autres, encore plus orgueilleux, se lançaient dans la rédaction d'essais, modelaient des idées qu'ils estimaient utiles au futur de notre monde. Dans sa promotion, Grégoire s'était lié d'amitié avec un jeune musicien passé par les meilleurs conservatoires avant d'accéder à l'École normale. Il jouait bien évidemment du piano, chantait parfaitement et tenait le violon dans un ensemble de musique de chambre qui réunissait d'autres jeunes musiciens issus d'écoles brillantes : le quatuor « Excellence ». Des élèves excellents dans leurs disciplines — les lettres, les mathématiques, la physique —, qui jouaient excellemment de la musique, avaient appelé leur formation le quatuor « Excellence ». C'était le genre de choix que pouvaient faire ces valeureux jeunes gens.

Dans le contexte de l'école, il était donc normal d'avoir de l'ambition, de se balader avec des livres plein les poches, de s'échanger des articles de presse ou d'assister à des projections de documentaires dans des salles confidentielles. Aucune érudition n'était surprenante, toutes les curiosités étaient autorisées. On débattait de l'économie mondiale, de la conquête spatiale, de l'existence de Dieu, de la nécessité d'aimer... On s'amusait à défendre l'indéfendable, à se mettre du côté du mal, juste pour l'intérêt du point de vue. C'était comme un exercice. Certains faisaient des pompes tous les matins. Eux entretenaient leur forme intellectuelle en trouvant des circonstances atténuantes aux pires des salopards. Ils trouvaient ça stimulant. Un jour, Grégoire avait raconté comment un de ses camarades de l'École normale avait eu la formule suivante : «Oui, je remets tout en cause. Parce que je suis intelligent et parce que j'ai la liberté de le faire.»

Simultanément, les premiers pas de Caroline dans son école d'ingénieurs avaient tout écrasé sur leur passage. Avec son intérêt sincère pour toutes les matières, l'éclat de son sourire en toutes circonstances, elle avait posé son emprise sur l'ensemble de sa promotion. Les professeurs de sexe masculin étaient subjugués par son élégance naturelle, leurs rares collègues féminines étaient heureuses de découvrir une élève tellement au-dessus du lot dans une filière qui restait dominée par les hommes.

Après le premier mois de scolarité, Caroline était partie en stage dans l'usine principale d'une entreprise automobile, jadis fleuron national d'une industrie aujourd'hui fragilisée. Le site était implanté dans une vaste zone, très sécurisée, elle-même en périphérie d'une petite ville provinciale. Caroline travaillait toute la journée, vêtue d'une blouse, au sein d'une équipe chargée d'optimiser la production des différentes chaînes de montage de l'usine. Il s'agissait donc de chronométrer l'accomplissement des tâches, d'analyser les rendements, calculer les marges de progression, opérer une veille permanente sur les innovations technologiques qui pourraient encore améliorer la capacité de production. Tous les jours, Caroline s'astreignait à une période d'observation de la chaîne de montage. Pendant une heure, parfois un peu plus, elle se postait, debout, devant l'une des étapes de la fabrication d'une automobile. Elle se concentrait sur une seule étape, un seul moment, exclusivement. Elle orientait son regard vers les robots, puis ne bougeait plus pendant tout le temps de son exercice, s'obligeant à détailler chacun des mouvements, à les voir se répéter encore et encore, parfaits, mais sûrement perfectibles. La chaîne de montage ressemblait à un long couloir de course à pied, avec des marquages au sol jaune et blanc. Il y avait un début et une fin. Tout le long, des machines s'activaient, répétitives, dans un grondement robotique assez doux, sans jamais le moindre grincement. Tout était maîtrisé, paramétré, des humains en blouse bleue surveillaient la longue colonne de montage, y participaient parfois, comme des accessoires encore utiles à la communauté appliquée des machines. L'immense hangar dans lequel se déroulaient les lignes de montage était vivement éclairé, le sol en béton ciré parfaitement propre : c'était très beau. Et Caroline, immobile, était une puissance observante, ignorée par les ouvriers qualifiés qui lubrifiaient la tête d'une machine ou lustraient un capot. Elle réfléchissait à l'orchestration du travail des hommes et des robots. Elle n'en était pas moins humaine et parfois, quand sa concentration faiblissait, elle aimait plisser les yeux et imaginer, dans la silhouette des machines, comme une armée d'immenses lapins animés de mouvements délirants.

Pendant toute la durée de son stage, Caroline passait ses nuits dans un petit hôtel sans charme appartenant à une chaîne. Tout y était standardisé : pas de personnel à la réception, les tables de chevet étaient fondues dans les têtes de lit, l'espace optimisé et les portions de corn-flakes du petit déjeuner préemballées. Grégoire lui rendait visite tous les week-ends. Il s'émerveillait des récits de sa petite amie sur les problèmes auxquels elle avait été confrontée pendant la semaine : le chronométrage des temps de production, la « chrono-analyse », avait fait apparaître une anomalie au niveau de l'étape dite de la pose du dessous de caisse. Les ajustements humains prenaient trop de temps. Il fallait trouver une solution, une réunion était prévue. Grégoire feuilletait aussi les revues spécialisées, éditées pour la plupart par des universités américaines, et qui tenaient compte des dernières innovations technologiques en cours, et dans lesquelles Caroline soulignait en fluo quelques savoirs qui

pourraient lui être utiles un jour à l'usine. Ils se promenaient aussi en ville, testaient des restaurants, goûtaient
les spécialités locales, et Grégoire aimait organiser chaque
semaine une ou deux visites culturelles, ici un prieuré, là
un centre régional d'art contemporain.

Un week-end de printemps, je m'étais joint à Grégoire et
nous étions montés dans un train pour retrouver Caroline.
Nous avions dîné dans l'une des brasseries de la place principale de la ville. Détendus par la chaleur des vins, nous avions
envisagé nos avenirs respectifs. Depuis son arrivée dans
l'usine, les ingénieurs locaux avaient été forcés de reconnaître toute l'étendue du talent de Caroline. Mais l'attitude
du directeur posait problème. Il lui proposait une position
importante dans son équipe, mais conditionnait ce recrutement à l'obtention de faveurs d'ordre sexuel, qu'il suggérait
par le biais d'allusions perverses : il voulait par exemple
arranger un déplacement à l'étranger, pendant lequel ils
partageraient une chambre à l'hôtel. Alors évidemment,
l'offre du directeur était balayée, sa proposition sexuelle
déconsidérée d'un rire, en pleine conscience de l'impact
négatif que cela aurait sur son évolution professionnelle.
Pourtant Caroline n'était pas contre l'idée d'une carrière
dans l'automobile, elle rêvait notamment d'opérer un jour
sur une ligne de montage japonaise. Car les constructeurs
asiatiques étaient, d'après les experts, capables d'un mariage
optimal entre la robotisation des tâches et les opérations
manuelles indispensables. Il y avait encore beaucoup à
apprendre.

Grégoire quant à lui précisait son ambition vers l'action
publique. Il souhaitait accéder aux plus hautes responsabilités, administrer les instances qui organisent la vie d'une
communauté de citoyens. J'imaginais parfaitement mon
copain député ou ministre. La polyvalence de son savoir,
l'aisance qu'il avait toujours eue en public, la séduction sans

effort qu'il exerçait en général sur les autres... Je voterais pour Grégoire, quel que soit le scrutin.

Puis Caroline s'était tournée vers moi : «Et toi alors? Tes projets?» Elle avait posé sa question sans malice, avec un sourire tout juste troublé par l'ivresse. Je crois qu'elle s'intéressait à moi, sincèrement, à ce que j'allais devenir, faire de ma vie. L'intervalle entre sa question et le début de ma réponse fut l'un des moments les plus pénibles de ma fin d'adolescence. Je n'avais aucun projet, pas de petite amie, et presque tous les choix que j'avais faits, je les avais faits pour de mauvaises raisons.

«Et toi alors? Tes projets?» Je pris ma respiration, et je commençai par un «Oh tu sais...», qui me permit surtout de m'assurer que ma voix n'était pas trop chancelante. Et puis j'enchaînai sur une version très romancée de mon actualité : la première année en fac d'histoire s'était bien passée, couronnée d'une mention. Mais mon ambition ne s'arrêtait pas là. J'annonçai que le cursus ne représentait qu'une première étape, que mon appétit me portait vers de nouvelles disciplines, plus complètes, et que j'enchaînerais prochainement sur des études de sciences politiques. Il advint ensuite un moment étonnant, qui acheva de mettre mon mensonge hors de contrôle. Parfois, quand on improvise un propos, l'imagination d'un quart de seconde peut vous surprendre, dépasser toutes les projections que l'on aurait pu faire après des heures de réflexion. Ainsi, je poursuivis mon croquis de carrière en annonçant très sérieusement que je visais un poste dans un institut de sondages de premier plan, et que je souhaitais me consacrer à l'analyse politique. Ce à quoi je n'avais strictement jamais pensé avant cette soirée. Je sentis un peu d'embarras chez Grégoire qui rigolait parfois de mes études d'histoire, moquait l'allure décatie de mes camarades de faculté et mesurait l'écart immense qui existait entre la réalité de mon parcours et les ambitions que je venais de formuler. Il m'épargna d'un silence gêné. Caroline, qui me connaissait moins, et qui était de toute façon incapable d'imaginer quiconque en mesure de formuler un mensonge aussi élaboré, acquiesça de la tête et dit : « Super. » Grégoire commanda ensuite des profiteroles à partager, mais personne ne prit de café.

Le lendemain matin, dans le petit train du retour, j'achetai un magazine qui s'appelait *Réussir*, et qui prodiguait des conseils à ceux qui manquaient d'idées pour arriver à leurs fins dans la vie. Je lus avec attention le portrait d'un fonctionnaire des postes qui s'était reconverti dans la fromagerie, puis l'interview d'un psychologue qui développait le concept du « jardin des savoirs », dans lequel il était recommandé de déambuler joyeusement pour trouver sa voie. Dans une page consacrée au « Développement personnel », un article détaillait les cinq manières de se révéler dans la vie. Il fallait par exemple « apprendre à exprimer sa vérité » ou bien « oser se servir de ses émotions ». C'était abstrait mais encourageant. À la lecture du magazine, il fallait admettre qu'il y avait des possibilités, des formations, et même des coaches pour être aidé. Tout espoir n'était pas perdu.

Et pourtant, alors que le train se déployait lentement le long du quai bondé de travailleurs pressés, je ne pus m'empêcher de réprimer un sanglot.

13

————

Finalement, tout était allé relativement vite. Peu de temps après la rentrée, j'avais abandonné l'université. Un matin, j'avançais sur le parvis défoncé du campus, battu par un vent frais qui voulait dire que la fête était finie, que l'automne était bien là. Les rabatteurs des mutuelles étudiantes étaient postés derrière des stands couverts de fascicules multicolores. Je devais assister à un cours intitulé « Sociologie des mondes militants au XXᵉ siècle » mais, quand j'ouvris la porte de l'amphithéâtre, je ne fis pas le pas qui m'aurait permis d'entrer, qui aurait entériné une nouvelle année à l'université. Alors qu'une fille brune aux cheveux sales arrivait derrière moi, je rebroussai chemin et m'excusai auprès d'elle : « Je me suis trompé d'amphi. » C'était terminé. Jamais je ne remis les pieds à l'université.

C'est finalement maman qui avait tranché pour moi. J'aimais lire et j'épatais toujours mes grands-mères quand je leur envoyais des cartes postales qu'elles trouvaient « si bien écrites ». Et puis j'étais un garçon sensible, observateur. Je m'exprimais bien. Alors pourquoi ne pas essayer de devenir journaliste ? Maman m'avait inscrit, sans me laisser le choix, aux examens d'entrée dans les établissements formant au journalisme. Je me laissai guider, faute de mieux. Dans le fond, c'était un métier d'une redoutable simplicité : il s'agissait de s'intéresser à des choses, et de les raconter du mieux possible. Je pouvais me projeter, me sentir à la hauteur d'une tâche aussi basique. Tous les matins, maman déposait un journal à l'entrée de ma chambre. Dans un premier temps, j'en trouvai la lecture assez pénible : le format peu commode, le papier qui laissait les doigts sales... Et puis je peinais à comprendre le choix des informations, pourquoi et comment il était décidé de traiter tel ou tel événement, des pans entiers d'articles demeuraient totalement hermétiques à ma curiosité. Mais à force de lecture, j'avais fini par me frayer un chemin dans l'objet : j'arrivais maintenant à plier le journal en deux, dans le sens de la hauteur, en un geste ample, tout en évitant les zones noires de texte pour préserver mes doigts de l'encre. Et peu à peu, le feuilleton de l'information avait manifesté son sens, avec ses héros —au premier rang desquels se tenaient les hommes politiques— et ses obsessions —les élections, le chômage, les résultats sportifs. J'aimais les récits factuels, les comptes-rendus, mais aussi les reportages en terrain de guerre, et enfin, les anecdotes sur les célébrités. En revanche, je restais perplexe devant ce qu'on appelait les pages «Opinions» ou «Débats», à longueur desquelles des intellectuels de renom prenaient des positions sur les sujets du moment, souvent avec une virulence qui témoignait d'une absolue fermeté des idées. Qui étaient ces êtres humains capables de formuler leurs certitudes avec autant d'aplomb? Après en avoir terminé la lecture, je rejetais le journal qui, malgré mon talent au moment des pliures successives, n'avait plus du tout la même apparence. La liasse bien liée, ordonnée, fraîche que j'avais trouvée sur le pas de ma porte était devenue un monstre de papier désossé, une boule fatiguée que j'avais vidée de son sens. Un peu comme ces restes d'oiseaux régurgités par la gueule d'un serpent, petite boule de plumes et de cartilages, dénuée de chair. En somme, j'avais appris à prendre plaisir en la lecture du journal, ce qui était déjà une première étape importante. Et parce que je n'avais pas vraiment d'autres projets, je pouvais ressentir le début d'une forme d'ambition : rejoindre la corporation de ceux qui noircissaient ces pages. Le bon sens d'une mère avait eu raison de mon indécision.

L'étape suivante avait été l'inscription dans une classe préparatoire aux concours d'entrée des écoles de journalisme. Pour presque tous les cursus, il fallait maintenant en passer par une classe préparatoire. Les sélections, concours ou autres sas d'entrée, se multipliaient, ce qui alimentait confortablement une petite industrie de sous-écoles, de formations annexes et d'enseignements parasites. Maman avait lu dans une revue que, pour les élèves médiocres comme moi, la réussite aux concours était quasiment impossible sans passer par une préparation de ce type. La méthode était simple : un bachotage frénétique, extrêmement ciblé, et qui devait correspondre aux épreuves des concours. Je ne lisais plus le journal pour le plaisir, il s'agissait désormais de prendre des notes à mesure de la lecture, de transformer en fiches les différents sujets d'actualité pour les assimiler au mieux. Une crise éclatait au Nigeria ? Je notais scrupuleusement le PIB du pays, son port principal, le nom de ses ministres les plus importants. Une loi visant à réguler les normes d'hygiène dans les boucheries était présentée au Parlement ? J'apprenais par cœur le nombre d'artisans exerçant la profession de boucher sur le territoire et je synthétisais une courte note sur les méthodes d'abattage qui, régulièrement, déclenchaient la polémique dans la presse. C'était assez stimulant de grappiller tous les jours de nouvelles connaissances avec pour seul aiguillon l'actualité et ses hasards. Au sein de mon bloc de fiches se côtoyaient un focus ennuyeux sur la loi de programmation des finances publiques, un résumé de la carrière d'un grand footballeur qui venait de prendre sa retraite, ou une note assez laborieuse sur les procédures actuelles de la Cour pénale internationale.

Le professeur principal de la classe préparatoire était un homme austère, aux cheveux très noirs, coiffés en brosse, qui souffrait d'une légère paralysie de l'épaule gauche. Le premier jour, il s'était présenté comme « normalien », ce qui signifiait qu'il avait été élève de l'école prestigieuse dans laquelle Grégoire étudiait. Avec son allure de guingois et son élocution sans fantaisie, le professeur principal ne correspondait pas vraiment à l'image flamboyante que je me faisais d'un ancien élève de l'École normale. Pourtant, il avait su convaincre son auditoire avec une formule simplissime, et ce dès le premier cours : « Faites ce que je vous dis, et vous serez admis. » La formule était si brutale que ça ne pouvait qu'être vrai. Son charme résidait dans cette assurance. Nous nous exécutions donc et chacun assistait aux cours avec une collection de fiches qui grossissait de jour en jour. Notre classe présentait un groupe assez homogène de petits-bourgeois (les droits d'inscription étant élevés), pas forcément très brillants, qui n'avaient pas su s'orienter vers les filières les plus prestigieuses, et qui tentaient *in extremis* d'accrocher à leur CV une ligne à peu près honorable. Parmi ces élèves, je fus stupéfait de retrouver Louise. Louise, l'inamovible reine de mon adolescence, était soudain apparue au début de la deuxième semaine de cours. Elle s'était installée derrière un pupitre, seule, tout au fond de la salle de classe. Elle était toujours brune, toujours plus belle et élégante que toutes les autres filles du monde. Je réalisais haletant que Louise était de retour dans ma vie, à la fois fou de joie de la savoir dans mes parages, et terrorisé à l'idée de ce que cela impliquait : il allait falloir m'approcher d'elle, lui parler, me rappeler à son souvenir, si seulement il existait.

14

À la fin de la préparation, un élève d'une des écoles de journalisme parmi les plus prestigieuses s'était présenté pour une conférence. Lui avait réussi le concours et obtenu le graal pour lequel nous étudions tous. À quelques semaines des épreuves, il devait nous prodiguer d'ultimes conseils. C'était un jeune homme de son temps, grand, barbu, avec un peu d'embonpoint, s'exprimant avec distance et humour, très à l'aise sur la petite estrade réservée d'habitude aux professeurs. Au moment de se présenter, il expliqua qu'il ne s'était jamais imaginé journaliste, que son truc, au fond, c'était le rock, la littérature, le foot, et que le métier qu'il apprenait aujourd'hui n'était qu'un moyen de toucher à tous ces domaines, tout en lui permettant de se vanter d'avoir un métier socialement valorisé. Il avait survolé le concours d'entrée, sans vraiment même le préparer selon ses dires, et racontait comment lors de l'oral il avait définitivement emporté le jury en citant les paroles de la chanson *Berlin* de Lou Reed, alors qu'il était interrogé sur le bilan de la réunification allemande. Sa désinvolture faisait figure d'anomalie face à l'assemblée laborieuse d'étudiants réunis face à lui. Cette immense décontraction avait un effet presque magique sur la classe, et surtout sur les filles. À la fin de la conférence, nous avions pu échanger avec lui, et c'était surtout elles, les filles, qui s'étaient manifestées. Elles levaient le doigt, puis posaient leurs questions, souriantes, séduisantes, les yeux dans les yeux du conférencier. Un élève, mâle, parmi les plus brillants, l'avait interrogé sur la méthode à employer quant au fichage de l'actualité. Mais sa question avait été balayée d'une boutade superbe : « L'actualité, ça ne se fiche pas, ça se vit, ça se ressent au jour le jour. » Sur le côté, le professeur principal avait tiqué en un mouvement douloureux de son épaule abîmée. Et puis, une élève, parmi les plus amoureuses, avait enchaîné avec une question portant sur ses goûts littéraires. Il avait cité Hunter Thompson, plusieurs écrivains américains dont je n'avais pas retenu les noms, puis Tchekhov aussi. L'amoureuse était maintenant passionnée, la classe conquise et la victoire du barbu totale. Finalement, depuis son dernier rang, Louise avait brisé cette ambiance de flirt général et avait demandé : « Mais alors, pourquoi vous êtes devenu journaliste ? Pourquoi vous n'êtes pas écrivain ? En quoi c'est mieux d'être journaliste, plutôt qu'écrivain ? » Cruelle, elle avait ajouté : « Moi, je pense que vous regretterez un jour... » Le type sur l'estrade avait balbutié une laborieuse démonstration sur la nécessité de dire la vérité, l'ancrage dans la réalité du journaliste, supérieur selon lui à la fantaisie du romancier. Il n'avait pas l'air convaincu. En réponse, Louise avait fait entendre un discret ricanement qui confinait au soupir. Et c'est finalement le professeur principal qui était arrivé à la rescousse et avait clos la discussion. Le cours était terminé, et très vite, l'intervenant s'était retrouvé noyé dans la marée des élèves subjuguées tandis que les garçons réunissaient leurs fiches, résignés, rêvant au jour où ils pourraient eux aussi faire leur petit numéro sur l'estrade.

Je choisis ce moment pour filer vers le fond de la classe et fondre enfin sur Louise. Elle rangeait ses affaires, penchée sur son pupitre. Au milieu de ses longues mèches noires, son regard avait croisé le mien : « Ah ben quand même, tu te décides à me parler... » Elle se souvenait de moi, donc. Pire, elle attendait que je lui parle. Je répliquai, maladroit : « Tu as bien fait de lui envoyer ça dans les dents, au mec là... Personne ne les connaît, ses écrivains. » Louise s'était levée et en passant devant moi, elle avait glissé : « Thompson, c'est quand même un génie... » Et puis elle s'était retournée, souriante : « Allez viens, on va boire un café. »

Les locaux de la classe préparatoire étaient situés dans le centre de la ville, tout près d'une de ses plus belles églises. Nous nous étions installés dans une énorme brasserie, une petite table en plein courant d'air, près de la porte d'entrée. Un groupe de touristes asiatiques conversaient bruyamment près de nous. Tous avaient une petite pochette accrochée autour du cou et certains portaient des chapeaux mous, siglés d'idéogrammes chinois, probablement le nom de la compagnie qui organisait l'aventure qui les avait menés jusqu'ici. Louise m'avait raconté le morceau d'existence qui nous séparait du lycée. Elle était amoureuse, premier drame pour moi, d'un mec d'une trentaine d'années, second drame, avec qui elle avait passé plusieurs mois à sillonner le pays dans un minibus, travaillant à la cueillette de fruits et légumes dans des exploitations agricoles. À son retour, ses parents inquiets lui avaient imposé la préparation aux écoles de journalisme, ce qui nous faisait enfin un point commun. Elle avait accepté, mais elle ne participerait même pas aux épreuves, elle le savait déjà. Louise attendait l'été prochain pour grimper dans l'estafette de son bonhomme et visiter l'Europe de l'Est, « le dernier eldorado » avait-elle dit en traçant une mappemonde du bout de l'index sur la buée des vitres du café. Je ne me sentais pas très attiré par la nouvelle Louise. Je ne la trouvais pas très féminine, plus tellement mystérieuse. Elle fumait beaucoup de cigarettes, ses dents étaient un peu gâtées. Au milieu d'une phrase, elle avait haussé la voix et presque hurlé sur le groupe de touristes voisins : « Oh les Chinois, vous baissez d'un ton. » Louise avait bien vécu depuis nos premières fêtes. Elle multipliait les gribouillis de buée alors qu'un sentiment de malaise commençait à poindre. J'étais surpris par mon désir d'écourter ce tête-à-tête dont j'avais pourtant rêvé si longtemps. Alors j'avais réuni quelques pièces pour régler mon chocolat chaud et sa bière blanche. Après une bise cordiale sur le parvis de l'église, qui resterait dans l'Histoire comme mon seul baiser à Louise, nous nous étions quittés. Le conférencier barbu faisait simultanément son entrée dans le café, accompagné de la plus jolie des élèves de la classe préparatoire.

Quelques semaines plus tard, au moment d'émarger les feuilles de présence des concours d'entrée aux écoles de journalisme, je constatai que Louise ne s'était présentée à aucune épreuve. Pour ma part, j'étais admis quelques jours plus tard dans l'école du barbu. Je n'avais pas spécialement brillé, mes notes étaient juste correctes, mais par un savant hasard et grâce à plusieurs désistements, la direction de l'école m'avait annoncé la bonne nouvelle : j'étais retenu. J'allais donc emménager dans une ville moyenne de province, rencontrer une nouvelle communauté d'élèves et étudier pour devenir journaliste. Il y avait de la nouveauté, j'avais enfin un projet. Mais plus jamais je ne reverrais Louise.

15

———

La scolarité à l'École de journalisme durait deux ans. Je pris goût à la vie seul, dans le petit appartement que j'avais choisi près de la gare. Les alentours avaient les inconvénients des quartiers proches des gares : flux de riverains intense, sandwicheries bas de gamme et parkings surchargés. Je passais beaucoup de temps à lire, à regarder des films et à me nourrir, comme n'importe quel étudiant, de pâtes et de plats préparés. J'étais entré dans une forme de norme. À l'école, les travaux, souvent techniques, étaient appesantis par l'utilisation d'un matériel dépassé. Alors que les outils du journalisme basculaient dans l'ère numérique, nous apprenions à fabriquer des reportages radiophoniques à l'aide de lourds magnétophones sanglés de cuir qui vibraient au rythme des bobines qui tournaient, parfois s'emmêlaient, se vrillaient comme un plat de spaghettis magnétiques. L'étape la plus pénible était celle du montage, il fallait découper les bandes à l'aide de ciseaux, puis les assembler avec de minuscules morceaux de ruban adhésif. Le résultat était saisissant : une interview ennuyeuse était raccourcie, concentrée, accélérée. On pouvait quasiment faire dire n'importe quoi à n'importe qui. Les élèves de ma promotion savaient pour la plupart où ils voulaient aller. Certains étaient passionnés par l'écrit, rêvaient d'un poste dans le grand quotidien de gauche qui faisait référence à l'époque. Les futurs chroniqueurs politiques lisaient les biographies des grands hommes du passé qui inspiraient les ministres d'aujourd'hui. D'autres s'imaginaient reporters de guerre, se plongeaient dans des documentaires, dévoraient les récits d'envoyés spéciaux projetés en terrain dangereux. Quelques-uns avaient opté pour le journalisme sportif. Cette discipline était unanimement jugée moins noble, et ses partisans étaient doucement méprisés par les passionnés de politique et d'actualité internationale. Un élève se distinguait nettement dans la promotion. Il s'appelait Patrick. Il avait les pattes courtes, l'allure et le comportement d'un homme déjà mûr. Patrick parlait avec précision, d'une voix basse, il était toujours sérieux, ne dégageait aucune fantaisie. Encore petit enfant, Patrick avait décidé qu'il deviendrait journaliste. Et depuis ce moment, sa vie avait été construite autour de ce projet. À sept ans, il diffusait une gazette illustrée dans le petit village où ses parents étaient professeurs. À dix ans, il assistait aux conseils municipaux de la bourgade. À treize ans, il révélait dans son journal qu'un adjoint au maire détournait à son propre bénéfice la subvention normalement dédiée à un tournoi de rugby local. Patrick avait déjà effectué une demi-douzaine de stages dans les plus grandes rédactions du pays, où les chefs attendaient la fin de sa scolarité pour enfin l'embaucher. À l'école, Patrick n'attendait plus que le couronnement d'un parcours sans fautes.

Mais une autre histoire allait marquer notre scolarité. Celle d'un élève qui s'appelait Edmond Sobieski. Il avait dû traîner son prénom vieillot comme un boulet dans les cours de récré, et c'était encore le cas dans la communauté des jeunes adultes de l'École de journalisme. Les professeurs continuaient de prononcer son prénom avec une once de surprise quand ils procédaient à l'appel. Pourtant, Edmond avait le patronyme d'un roi polonais du XVIIᵉ siècle, ce qui avait de quoi compenser son prénom désuet. Sobieski. Les lettres se tenaient bien drues, les syllabes s'enchaînaient, dignes. Son physique rappelait d'ailleurs ses origines : des cheveux blonds et ras, un nez fin et proéminent, le regard perçant et timide à la fois, la tête un peu rentrée dans les épaules, comme s'il venait de subir une punition, mais de manière perpétuelle. Edmond était tombé amoureux, dès les premiers jours de scolarité, d'une des élèves de la promotion. Une jeune femme qu'on ne pouvait que qualifier de «voluptueuse». Des hanches larges, des seins qui bouillonnaient comme l'eau d'une casserole trop pleine, des cheveux immenses et fous. Fanny dégageait dans les couloirs de l'école une odeur lourdement féminine, celle d'un parfum conçu sur un accord de bergamote et de chêne-patchouli, dont elle s'embaumait généreusement tous les matins. Pour moi, c'était une odeur entêtante, qui m'agaçait comme la voix trop présente de quelqu'un qui ne saurait jamais se taire. Mais pour Edmond, c'était le signal du début de sa perte. Il s'était trouvé sur le chemin des effluves de Fanny. Il en était resté captif et fou d'amour.

Et puis un jour, Edmond avait disparu. Un jour, puis deux, puis trois. Sa scolarité s'était terminée comme ça. Il ne réintégrerait plus jamais l'école. Un responsable glissa un jour qu'Edmond avait été interné dans un hôpital psychiatrique. Personne ne savait exactement pourquoi. Et surtout, quelle était la part de responsabilité de Fanny, s'il y en avait une. Certains invoquaient le fait qu'Edmond avait été incapable de s'adapter à la ville, au cursus, à sa nouvelle vie d'étudiant. D'autres devinaient dans la relation qu'il entretenait avec Fanny la cause de cette disparition. Nous avions tous construit une forme d'empathie pour la figure d'Edmond

Sobieski, l'étudiant absent. Mais personne ne lui avait rendu visite à l'hôpital, car personne ne le connaissait vraiment. Fanny, elle, continuait à se balader dans la cour, enveloppée de ses parfums lourds et mystérieux. Les garçons la reluquaient du coin de l'œil, mais personne n'osait l'approcher. Elle était comme une veuve noire.

16

Grégoire me rendit visite une dizaine de jours lors de ma seconde année de scolarité. Il préparait désormais un examen qui devait lui ouvrir les portes d'un nouvel établissement prestigieux : l'École nationale. Comme son nom l'indiquait, c'était l'école la plus importante du pays, l'école des écoles, la dernière étape des plus beaux des parcours, les parcours de l'élite. L'École nationale avait été créée après la guerre, pour former le vivier de fonctionnaires nécessaires à la relance d'une administration décimée. Les présidents, les ministres, les grands responsables publics des cinquante dernières années y avaient presque tous été formés. Grégoire y serait logiquement admis, c'était une question de mois. Il rejoindrait d'autres personnages remarquables en cours de formation. On ne pouvait qu'être admiratif devant cet itinéraire exemplaire.

Dans mon studio, Grégoire dormait sur la moquette, dans un duvet synthétique bleu imbibé de la sueur d'un précédent séjour au camping. Pendant que j'assistais aux cours de l'École de journalisme, Grégoire étudiait pendant des heures avec concentration, il compulsait une dizaine d'opuscules avec lesquels il avait voyagé. Principalement des ouvrages d'histoire récente, des précis juridiques et des essais de philosophie contemporaine. Grégoire avait une méthode de lecture : il attaquait littéralement chaque paragraphe. Il s'en prenait au papier, il le soulignait, l'annotait, entourait des mots, les reliait. Il faisait le siège des idées, les triturait, perçait parfois la page avec la mine de son crayon à papier. Puis il fermait les yeux et récitait tout ce qu'il en avait retenu. Ensuite, il passait au paragraphe suivant, reproduisait le rituel, avec la même abnégation, comme un rugbyman ensanglanté qui pénètre une énième mêlée boueuse. Grégoire avançait comme ça dans le savoir : il défonçait une porte à coups d'épaule, attrapait ce qu'il y avait derrière, et rangeait son butin le plus précisément possible dans l'une des cases de sa mémoire.

Mais Grégoire ne faisait pas qu'étudier la théorie. Un jour, il délaissa ses livres et s'infligea un exercice particulièrement pénible : assister à une séance du conseil municipal local, comme ça, par curiosité. Le vote sur le fleurissement d'un rond-point, les débats sur les budgets associatifs : il suivit tout avec avidité ; la verve du maire, qui tenait fermement son mandat depuis plus d'une décennie, le fascina. Le soir venu, Grégoire me racontait l'onctueuse sérénité avec laquelle l'édile avait mené la séance. Le maire était effectivement un personnage spectaculaire, même s'il avait été plusieurs fois éclaboussé dans des scandales locaux, des affaires de corruption. Mais la figure du vieil homme, placé dans le paysage de ses administrés depuis si longtemps, restait réconfortante pour cette raison précise : il avait toujours été là. Les jours suivants, Grégoire me questionna sur l'actualité municipale, sur les grands projets initiés récemment par la ville. Il dévorait tout ce qui concernait la biographie du maire et l'histoire électorale des communes environnantes. Face à cette passion subite, j'imaginais mon ami représentant de la Nation, élu, maire ou jeune député. Un destin était en train de se dessiner.

Parfois nous retrouvions des camarades de l'école dans un bar, pour quelques bières, un alcool fort éventuellement, et des discussions portées le plus souvent sur des sujets d'actualité. Grégoire s'épanouissait naturellement dans notre petite société d'étudiants en journalisme, en somme assez similaire à la sienne, moins ambitieuse et moins brillante. L'échéance électorale présidentielle approchait et les débats étaient parfois vifs à ce propos. La plupart des élèves de l'école soutenaient le candidat de la gauche radicale, Maurice Chalençon. C'était un type immense, le menton en tatane, une tignasse pleine de vie, la dégaine d'un chanteur et l'éloquence furieuse. Il séduisait les jeunes avec des meetings qui ressemblaient à des concerts : on y achetait un sandwich, on buvait une bière, tandis que Chalençon scandait son discours avec un sens du rythme certain. La politique prenait l'allure d'une fête verbeuse, pas désagréable, et les filles y étaient plus jolies que dans les manifestations de la concurrence. C'était un avantage qui permettait de mobiliser. L'idéologie du candidat quant à elle me rappelait mes cours à l'université. Tous les sujets étaient rapportés à l'antagonisme marxiste : l'économie contre l'homme. Chalençon formulait des propositions originales : il voulait développer l'humain sur la mer par exemple. Selon lui, les possibilités d'expansion sur terre étaient limitées, elles entravaient l'homme, et l'espace maritime constituait un espace encore inexploité. Chalençon forçait l'esprit à inventer des solutions qui parfois flirtaient avec le fantasme, l'utopie. Mais pour les jeunes gens qui rêvaient d'un avenir différent, l'écho de ses propositions était immense. Avec lui, on dépassait l'objectif ennuyeux d'équilibre des comptes publics. Bien sûr, le candidat savait aussi calculer, manœuvrer, nouer des alliances, et il dépensait beaucoup en techniques de communication. Habilement, il avait décliné la cédille de son nom de famille en un logo qui était dupliqué sur des autocollants, des T-shirts ou encore des drapeaux. Ainsi, les militants avaient un signe de reconnaissance, qui n'était pas un slogan ou le nom d'un homme, mais un symbole, presque un dessin, que l'on pouvait brandir comme un fanion.

Grégoire et moi étions partisans de positions plus modérées, que l'on pourrait qualifier de centre-droit. Mais là où j'étais très prudent et n'avançais presque jamais mes idées en public, surtout à l'école, Grégoire était nettement plus téméraire et il prenait un malin plaisir à titiller ceux de mes camarades qui avaient un penchant pour Chalençon. Un soir, il s'était engagé dans une joute verbale avec Patrick, sans grand intérêt sur le fond, mais qui permettait de constater chez les deux acteurs une très grande dextérité rhétorique. Chaque argument était malaxé, soupesé, puis renvoyé tel un boulet de canon dans le camp de l'adversaire. On aurait dit un match de tennis où deux cogneurs s'affrontent dans des échanges qui n'en finissent pas. Patrick reprochait à Grégoire de défendre de vieilles solutions, d'anciens schémas sans cesse reproduits, ceux d'une élite qui n'avait fait qu'échouer et qui n'était plus capable de rien. Assez finement, Grégoire reconnaissait le courage de l'utopie et l'inventivité du discours de Patrick. Mais immédiatement, il lui reprochait de ne pas composer avec le réel, de ne pas saisir le monde qui l'entourait, et surtout, de se laisser manipuler par un Chalençon qui ne valait pas mieux que ses concurrents, mais qui avait seulement identifié une brèche nouvelle dans laquelle se glisser. Pendant que je commandais un whisky écossais dont le degré d'alcool chiffrait un record, les deux jeunes hommes s'élancèrent dans un débat sur les réglementations européennes et l'opportunité du protectionnisme. Autour de la table, mes camarades se désintéressaient progressivement de cette discussion. Et la conversation s'orientait vers un sujet plus évident : les courbes d'une intervenante qui nous avait délivré un cours dans l'après-midi, une grande brune aux yeux verts qui travaillait dans une des télévisions les plus prestigieuses du pays. Elle avait du succès, de l'aplomb et une poitrine dont le dessin à travers son pull captivait l'attention d'une partie de la classe. En résumé : les élèves mâles étaient brutalement excités par l'enseignante, avec un panel détaillé de ceux qui voulaient la baiser sur un coin de table, ceux qui ne l'avouaient pas mais qui le pensaient, et les plus romantiques qui rêvaient de partir en reportage à l'autre bout du monde avec elle et lui dédicacer des poèmes. Dans un élan de jalousie touchante, les filles la trouvaient unanimement vulgaire. J'étais moi aussi attiré par le physique de l'intervenante. Pourtant, par souci de plaire à la frange féminine de la tablée, je me rangeai de leur côté en essayant de le signifier le plus finement possible, pour ne pas paraître suspect : « Elle est pas mal, c'est vrai. Mais il lui manque un truc : du charme, de la profondeur... C'est pas trop mon style, je crois », disais-je, en avalant une gorgée du feu nauséeux du whisky. Le regard doux que les filles portaient immédiatement sur moi me confirmait que j'avais choisi les bons mots.

À la fermeture du bar, Grégoire et Patrick s'étaient serré la main de manière virile, glissant chacun une dernière parole, en espérant marquer la conversation du dernier mot. Puis Patrick avait endossé la bandoulière de sa sacoche, remonté son col, et s'était fondu dans la nuit comme un gros chien repu. Grégoire avait trouvé la soirée « géniale », il était exténué, heureux.

Le lendemain après-midi, c'était le week-end. Grégoire avait insisté pour que nous visitions une exposition au palais des Beaux-Arts. Des affiches étaient placardées partout dans la ville et des cars de retraités affluaient de toute la région : c'était l'événement majeur de la saison culturelle. Après un long moment d'attente, nous avions enfin découvert l'exposition qui consistait en une réunion des plus grands formats du peintre flamand Pieter Paul Rubens. C'était « du jamais vu » selon les affiches. Et il fallait reconnaître quelque chose d'exceptionnel à ces immenses tableaux où le modelé d'un coude aurait pu couvrir l'un des quatre murs de mon studio. Les toiles faisaient rarement moins de quatre mètres de large ou de haut. D'immenses christs souffraient sur le bois de la Croix, des torses nus de centurions ployaient sous le poids d'énormes combats. Les bourrelets roulaient sur le ventre de femmes roses et grandioses. Grégoire commentait la forme, la composition et les couleurs. J'étais pour ma part étourdi par la succession de ces peintures perchées à haute altitude, monumentales, qui m'obligeaient à imaginer leur conception, leur histoire jusqu'à ces murs devant nous. Il avait fallu travailler pendant des mois, des années, pour les finaliser, et le moteur profond de ce travail m'échappait. Comment le peintre avait-il pu tracer, d'un immense coup de pinceau, un tibia qui mesurait la taille d'un homme ? Quelle ambition justifiait un tel projet ? Il fallait charpenter un canevas, lever des échafaudages pour mettre à niveau le peintre, sans même parler de la hauteur sous plafond nécessaire à la lente exécution du tableau. Ensuite, il y avait la livraison de la toile à son commanditaire, le transport vers un palais encore plus grand, l'accrochage par une équipe de domestiques. Et ce même tableau était aujourd'hui sous nos yeux. Il avait traversé le temps, il avait voyagé. Il avait été possédé par des hommes riches et puissants qui l'avaient contemplé, certains avec amour, d'autres comme un signe spectaculaire de leur pouvoir. Ces œuvres étaient devenues des pièces maîtresses dans les jeux diplomatiques entre États, m'expliquait Grégoire. Leurs prêts de musée en musée étaient l'objet d'intenses négociations, les ministres pouvaient mettre un tableau dans la balance d'une négociation commerciale. Cela se faisait. Et c'était finalement assez rassurant : ces toiles avaient gardé leur pouvoir avec une continuité presque parfaite. Elles étaient comme des talismans qui conféraient à leurs détenteurs, privés ou publics, une toute-puissance quasi magique. À mesure que nous déambulions dans le musée, Grégoire glissait des commentaires, manifestait son érudition en racontant les scènes mythologiques auxquelles certaines œuvres faisaient référence. Il tenait un déluge de mots prêt à jaillir pour chacun des tableaux. Qu'il était loin le garçonnet sensible que j'avais senti vaciller face à l'émouvant tableau de Valtat.

J'écoutais aussi les discussions des autres visiteurs. Les plus jeunes, les adolescents venus en groupes, ricanaient, ils tentaient l'ironie sur les physiques « balèzes » et les « gros nichons » des personnages figurés. Je pouvais les comprendre. Il y avait quelque chose d'intimidant dans les musées, et la défense du jeune âge restait le rire, la dérision, qui place tout ce qui est trop complexe à distance. La masse des visiteurs adultes réagissait plus sobrement, silencieusement, presque religieusement. Il y avait des couples sophistiqués, qui échangeaient à voix basse, surjouant parfois la concentration, les mains croisées dans le dos. Mais quand on observait leurs regards, ils étaient interrogatifs, un peu perdus, décontenancés. Ils subissaient. Les plus épanouis étaient les vieilles personnes. On naviguait parfois au milieu de groupes de têtes blanches particulièrement érudits. Certains connaissaient les œuvres, les avaient déjà vues accrochées dans d'autres musées. Ils étaient comme chez eux, parlaient à haute voix, goguenards. On sentait qu'il s'en fallait de peu pour qu'ils s'improvisent conférenciers. Grégoire et moi, nous étions une catégorie à part : notre amitié faisait de nous un couple étrange. Cela se traduisait en un ballet étrange de nos deux silhouettes à travers l'exposition : Grégoire procédait méthodiquement, stationnait devant chaque tableau, l'analysait, le stockait dans sa mémoire, accompagné d'une notice mentale, puis passait au suivant. J'allais, plus lent, sans itinéraire cohérent, comme un poney qui s'ennuie et déambule en lignes obliques dans son enclos, tantôt captivé, parfois déconcentré par un détail, une peinture écaillée sur le coin d'un mur à côté du chef-d'œuvre, ou le passage d'une jolie fille... Et quelques fois seulement, j'étais saisi par la poésie d'une composition, la couleur d'un aplat, le volume d'un muscle. Mon pas se ralentissait et je me laissais baigner dans la douceur du beau.

La dernière salle arriva soudain. Les œuvres les plus précieuses y étaient réunies, c'était l'apogée. Il fallait se concentrer une dernière fois, on savait que c'était bientôt fini, qu'on pourrait bientôt se détendre, mais qu'il se jouait encore quelque chose d'important à cet endroit précis. On faisait le vide à l'intérieur de soi, on inspirait un grand coup, et on tentait de s'imprégner, de profiter. Après quelques minutes, soit on était transcendé, soit l'incompréhension persistait. Je marchais quelques minutes, concentré, à pas lents, un peu comme on chemine vers l'autel au moment de la communion. Et puis on débouchait dans le vestibule final, là où il n'y avait plus de tableaux, mais une boutique de souvenirs dans laquelle la plupart des visiteurs faisaient l'acquisition du catalogue de l'exposition, obole versée au prestige de leurs bibliothèques. On ressortait satisfait d'avoir pris le temps de voir de belles choses, content de s'être cultivé.

Sur le parvis, devant le palais des Beaux-Arts, nous avions acheté des crêpes. Assis sur un banc public, mon ami me dit que j'avais de la chance d'étudier dans cette école, que j'étais entouré de camarades intéressants, qu'il fallait que je profite de cette période. Il était heureux de voir que j'avais enfin un projet professionnel. Puis il avait enchaîné : « Avec Caroline, nous aussi nous avons un projet : nous allons nous marier. » Je n'étais pas surpris, c'était dans l'ordre des choses. Grégoire était l'homme d'une seule femme. Il l'avait choisie, désignée, puis il était parti à sa conquête, lui avait prouvé son amour. Il l'avait enfin convaincue, l'avait conquise, et le mariage était maintenant la manifestation de cette victoire. Leur union serait son œuvre, elle serait grandiose, comme l'un de ces immenses tableaux sur lesquels nous avions posé nos yeux.

17

C'est pendant les derniers mois de scolarité que je commençai à m'intéresser vraiment aux enseignements de l'École de journalisme. Cette phase finale consistait en une mise en application pratique de ce que nous avions appris. Ainsi, nous partions quotidiennement en reportage pour les besoins du journal de l'école. Je découvrais la région alentour, dont je savais déjà qu'elle était sinistrée. Jadis prospère grâce aux industries lourdes, l'activité économique locale était aujourd'hui comme nécrosée et les quelques usines survivantes ne résistaient que grâce aux subsides de l'État. La région était profondément déprimée et cela se constatait dans le paysage : on ne pouvait pas manquer les énormes structures métalliques et grises des anciennes mines ou les quartiers entiers de petites maisons en brique rouge, qui servaient autrefois à loger les masses d'ouvriers qui nourrissaient le ventre des usines. Les dernières décennies avaient été l'occasion de mutations brutales dans la région. De temps en temps, une colline surgissait dans l'horizon plat et signalait un ancien site important : il s'agissait des résidus de l'extraction du charbon qui formaient d'incongrus reliefs.

L'environnement, donc, et surtout les humains payaient le tribut de ces mutations, avec un taux de chômage élevé, des infrastructures à renouveler et une activité économique éteinte. Pour les apprentis journalistes que nous étions, c'était un terrain fertile, il y avait des choses à raconter. J'assistais à des piquets de grève, j'interviewais des syndicalistes qui défendaient des emplois pourtant déjà détruits, condamnés, disparus. Je me souviens notamment d'un reportage dans une petite commune adossée à une usine de traitement des métaux. Le maire était particulièrement combatif, plein de projets. Il avait ouvert les portes de grands entrepôts désaffectés pour les convertir en ateliers pour les artistes, qui pouvaient y résider. En contrepartie, ils s'engageaient à créer autour de l'histoire de la région, l'histoire industrielle donc. Ainsi, je fus convié à une rencontre avec l'un deux. C'était un homme, la quarantaine, les cheveux longs et gris, un corps noueux et sec. Il avait travaillé dans l'usine pendant une dizaine d'années. L'homme fumait en continu un tabac puissant, roulé dans du papier à cigarette. Et la clope était toujours là, molle, fondue au bout de ses deux doigts, comme une vieille figue marron vidée de sa chair. Le bonhomme traînait des pieds dans son atelier, au milieu de structures métalliques qu'il appelait ses «turbines». C'étaient des sortes de sculptures tubulaires construites avec des morceaux de l'usine morte, parfois mêlés à d'autres objets métalliques plus incongrus comme une roue de vélo ou un pare-chocs. L'artiste commentait d'un mot, énigmatique, chacune de ses œuvres : «Une girafe...», «l'archange...», «la statue de la Liberté». Et entre chacun de ces titres, il était pris d'une quinte de toux grasse, rauque, qui donnait à imaginer des poumons encombrés comme pourraient l'être les branchies d'un poisson englouti dans une marée de goudron. Je prenais tout en notes dans mon calepin. Le maire, qui encadrait la visite, semblait fier de son protégé.

À la fin du tour de l'atelier, il me donna un coup de coude en disant : «Un sacré phénomène, hein? Vous allez nous faire un bel article!» L'initiative coûtait de l'argent à une mairie exsangue, et l'intérêt objectif du travail des artistes hébergés était relatif. Mais il fallait reconnaître que les gens essayaient de faire quelque chose, tentaient d'entretenir un certain dynamisme.

Le soir, je rentrai en ville. Les élèves de l'école se retrouvaient toujours dans les bars et racontaient leurs expériences de reportage du jour. Patrick avait couvert le procès d'un père de famille qui avait secoué son bébé jusqu'à la mort. Un fait divers qui mobilisait même des rédactions nationales. D'autres avaient suivi la visite d'un ministre dans un foyer pour jeunes travailleurs, la pose d'une première pierre ou l'initiative de parents d'élèves mobilisés pour sauver une école. On rigolait de ces actualités traitées, presque toujours misérables. Et quand un événement plus amusant surgissait dans l'agenda —l'élection d'une miss départementale, un concert, une réunion sportive— nous nous précipitions pour le couvrir. Fanny avait été la plus maligne et s'était spécialisée dans la chronique des représentations théâtrales locales. Elle souhaitait s'engager dans une carrière de journaliste spécialisée dans la culture. Il se murmurait qu'elle vivait une histoire d'amour avec le metteur en scène du grand théâtre régional, avec lequel elle avait été aperçue, dînant dans l'un des meilleurs restaurants de la ville.

Souvent, je me disais que les journalistes étaient des touristes : on se plongeait dans l'univers décati des autres, puis on rejoignait ses copains pour raconter les anecdotes de reportages, on ironisait sur les témoignages recueillis, même s'ils étaient tragiques, un peu comme après un safari quand on montre ses photos. Car nous vivions pour la plupart dans des quartiers agréables. J'avais bêtement choisi celui de la gare, mais j'aurais pu vivre dans un environnement plus chic, avec des boutiques de vêtements inabordables et des cafés à la mode. L'environnement citadin dans lequel nous étions plongés était sain, il y avait des emplois, une majorité de cadres, des possibilités de loisirs et des rencontres à faire, tout ce qui manquait aux zones périphériques. Élèves de l'École de journalisme, nous appartenions au monde des villes, nous étions des enfants des classes moyennes, voire des bourgeois, bien éduqués et destinés à un métier peu rémunérateur, mais valorisé. Que pouvions-nous véritablement comprendre à la vie de ceux qui survivaient dans des zones que nous ne visitions que par obligation ?

18

Et puis j'allais tomber amoureux à nouveau. Il y avait eu Louise, Nathalie, Olympe... Avec elles, j'avais franchi le cap pénible des premières fois, mais mon rapport aux femmes restait marqué par la maladresse, la frustration, n'offrant que peu de moments de grâce. Place à Julie : elle était étudiante et faisait partie de la promotion qui succédait à la mienne. Elle était souvent là autour des grandes tablées dans le bar où les élèves se retrouvaient le soir. Elle était jolie, un peu rousse, les cheveux ondulés, discrète, ce qui me plaisait plutôt : les grandes gueules sonores qui menaient les conversations avaient tendance à me terroriser. Julie et moi, nous nous sommes adressé la parole pour la première fois alors que nous patientions tous les deux devant les toilettes du bar. Moi : « Il y a une bonne ambiance ce soir, tu trouves pas ? » Elle : « Oui, c'est sympa. » Moi : « Ça se passe bien les cours ? C'est pas facile la première année, hein. » Elle : « Grave. C'est chaud. » L'occupant des toilettes avait tiré la chasse, c'était le tour de Julie et notre première conversation en était restée là. Nos regards se croisaient souvent dans les couloirs, toujours accompagnés d'un sourire niais.

Un jour, elle vint à ma rencontre dans les rayonnages de la bibliothèque pour me demander ce que j'avais prévu le soir même. Je compris enfin qu'un rapport de séduction s'installait et je réagis en l'invitant à boire un verre. Julie avait à peu près mon âge. Et une des premières choses que l'on remarquait, c'était son accent. Elle avait intégré l'école dans le cadre d'un partenariat européen et arrivait de Suisse. Son élocution marquait des accents toniques traînants là où on ne s'y attendait pas, souvent à la fin des mots. C'était l'héritage de sa seconde langue maternelle, l'allemand. Je trouvais que ça lui donnait un air distingué, un peu sec, mais contrebalancé par un rire qu'elle exprimait dans des tons aigus, comme une déferlante légère. Julie aimait les belles choses : les peintures romantiques de Klimt, les poèmes mignons de Prévert et le mobilier élégant des années cinquante.

Régulièrement, nous nous promenions ensemble en ville. Avant chaque balade, je révisais des anecdotes que je pourrais lui raconter sur notre chemin. Il fallait qu'à chaque coin de rue, je puisse pointer un détail, lui montrer un bâtiment dont l'histoire était significative. Je nous emmenais par exemple devant un petit hôtel particulier dans lequel un roi avait paraît-il séjourné, au retour d'une guerre lointaine. Aujourd'hui, l'immeuble accueillait une antenne de l'Agence nationale pour l'emploi, il était défiguré par des portes coulissantes et des logos multicolores. La demeure éphémère du roi avait perdu de sa superbe, mais Julie était fascinée. Toujours, elle ouvrait de grands yeux et soulignait un détail que je n'avais jamais remarqué. Elle souriait aux mendiants et s'attirait naturellement la sympathie des boulangères. Il lui suffisait d'un éclat de son rire pour dénouer n'importe quelle situation. C'était une arme fatale, et j'étais heureux de savoir qu'elle la possédait. À chacun de nos rendez-vous, je choisissais un beau moment pour essayer de l'embrasser. Le premier soir, alors qu'un vent froid s'engouffrait dans les rues, elle évita ma première tentative. Le week-end suivant, elle snoba un de mes baisers alors que nous buvions un chocolat chaud dans le plus beau café de la ville. Dix jours plus tard, elle tournait la tête une nouvelle fois à l'issue d'une longue promenade. Jamais je ne lui en voulais. Au contraire même, plus Julie fuyait mes baisers, plus je comprenais qu'elle méritait ma peine et ma patience.

Un samedi soir, un mois environ après notre premier rendez-vous, alors que nous étions assis sur les marches du perron de son immeuble depuis une longue demi-heure, j'embrassai Julie sur la bouche. Elle me serra très fort contre elle et je respirai son manteau comme un trésor longtemps convoité et enfin mien. Dans ses bras, j'avais trouvé un espace où déposer mon bonheur, sans conditions. Chez elle, tout était bien rangé et dans les carnets intimes qu'elle conservait nombreux, on imaginait des petits dessins de nounours et une écriture ronde. Julie vivait dans une bulle chaude et douce qui me rappelait mon enfance, une bulle en forme de bonheur. Il y avait de jolis meubles en bois, des vases, des bibelots régulièrement dépoussiérés. On se recroquevillait sous des couettes qui sentaient le frais, on buvait des tisanes brûlantes et on s'endormait dans le silence absolu, lentement, comme dans un gros nid de coton. Le lendemain, à l'heure du café, nous n'étions que sourires, les synapses soûlées à la sérotonine, heureux comme deux jeunes amoureux. C'était franchement bon signe. Nous étions à l'orée d'une belle histoire, c'était certain. Elle m'avait aimé parce qu'on lui avait dit que j'étais un garçon sensible. Un soir, elle me confia qu'une élève de sa promotion lui avait raconté que j'étais un des rares à ne pas être «trop lourd», et que j'étais le seul à ne pas désirer comme un animal l'intervenante sexy, au sujet de laquelle j'avais surtout bien joué la comédie. Mon mensonge avait payé.

La fin de la scolarité à l'École de journalisme était arrivée. Dans un mois, j'obtiendrais mon diplôme et je serais versé sur le marché du travail comme des dizaines de milliers d'étudiants d'autres filières. Les professeurs nous avaient bien préparés : le métier, en plus d'être méprisé, détesté, était en crise. Il allait falloir se battre comme des chiens pour trouver une place. Et pour cela, il existait un système de sélection qu'on appelait les « bourses » : les diplômés de toutes les écoles de journalisme du pays participaient à des concours pour décrocher des contrats dans les rédactions nationales. Pour ma part, je représentais mon école dans la compétition organisée par un titre de presse écrite. J'avais deux semaines pour réaliser un reportage de mon choix, « en immersion », et publiable dans les pages « société » du journal. Dans le jargon de la presse écrite, cette rubrique concentrait les sujets liés à l'éducation, les faits divers, tout ce qui n'avait pas trait à la politique ou à l'international... Sur l'inspiration d'un entrefilet lu dans la presse locale, je m'intéressai à un problème qui avait émergé dans l'une des cités ouvrières en lisière de la ville. Tout se passait dans une petite banlieue qui se dessinait ainsi : d'un côté un ensemble de bâtiments modernes dans lesquels vivaient les populations immigrées venues combler les besoins en main-d'œuvre à la fin du siècle précédent, de l'autre un petit quartier de maisons en brique, dans lesquelles habitaient des familles pauvres, implantées sur les lieux depuis plusieurs générations. Ces deux populations avaient en partage un très fort taux de chômage et un taux d'alphabétisation parmi les plus faibles du pays. Néanmoins, un nœud les opposait : la mairie avait décidé la construction d'un lieu de prière à la place d'un parking sur lequel donnaient les fenêtres des habitations historiques de la ville, lieu de culte à destination des habitants de la cité moderne. Les gens protestaient des deux côtés, la situation se tendait. On s'accusait de racisme, de communautarisme.

Pour m'immerger dans le sujet, je prenais tous les matins le métro pour rejoindre mon terrain de reportage. Il y avait d'abord une grande rue au bout de laquelle on trouvait un musée, qui attirait quelques touristes le week-end. C'était la partie la plus attractive du quartier. À mesure qu'on s'en éloignait et que l'on remontait la rue, on constatait la présence de petites boutiques défraîchies, des marchands de journaux, des drogueries aux enseignes démodées, mais aussi de nombreux commerces communautaires parmi lesquels figuraient des boucheries et des magasins de vêtements. Tout au bout de cette artère se trouvait l'agglomérat de bâtiments modernes : la cité, « les barres » comme on les appelait, et dont les habitants partageaient une religion qui cimentait leur groupe. Il n'y avait donc pas de lieu de prière établi pour eux, et ils pratiquaient leur culte dans ce qui servait de garage à vélos au rez-de-chaussée des immeubles. Il fallait reconnaître que les conditions pour une prière sereine n'étaient pas réunies. Pire, au moment des fêtes rituelles, les nombreux fidèles n'avaient d'autre choix que de se réunir sur les pelouses dégueulassées d'étrons qui entouraient les barres. J'assistais à plusieurs prières, j'interviewais les leaders religieux et tentais d'absorber une part de leur réalité. Mais après quelques jours d'immersion dans le quartier, on m'avait signifié qu'il était préférable que j'aille poursuivre mon reportage un peu plus loin. En effet, la zone était également un lieu important pour le trafic de drogue et les journalistes n'y étaient jamais très longtemps tolérés. Je fus invité, par un jeune du quartier, à aller interroger « les Blancs, les racistes ».

L'épicentre de la discorde se trouvait à peu près à mi-chemin de la rue principale, entre le musée et les immeubles récents. Le parking à ciel ouvert, rarement plein, était une étendue d'asphalte avec un marquage au sol blanc, entourée d'une rangée dense de petites maisons en brique rouge, typiques de la région. Autant occuper cet espace, en faire quelque chose d'utile, ça ne semblait pas farfelu comme idée. Dans le cadre de mon reportage, il était de mon devoir de toquer aux portes de ces maisons en brique, de passer plusieurs journées sur zone, « en immersion ». Les portes s'ouvraient souvent sur des intérieurs sombres qu'on devinait sales. Et c'est ça qui me frappa en premier lieu et que je notai dans mon carnet : en plein après-midi, on devinait de l'activité derrière les portes, on entendait le bruit d'une télé, des conversations, car les habitants ne travaillaient pas pour la plupart, ou alors ils occupaient des emplois à temps partiel, des missions d'intérim. Ceux que j'interrogeais n'avaient pas spécialement envie de s'exprimer sur la transformation du parking, ils se plaignaient des voitures qui risquaient de se garer sur les trottoirs sous leurs fenêtres, notamment aux heures des prières. Je gardai aussi un souvenir qui me marqua profondément. Celui d'une très jeune femme qui m'avait ouvert sa porte, un bébé dans les bras. Ses dents étaient gâtées, ses vêtements crasseux, je remarquai un tatouage dont l'encre avait bavé sur son avant-bras, un motif très simple, comme un serpentin dont les arrondis n'étaient même pas nets. Toutes les lumières étaient éteintes dans l'appartement derrière elle, et pourtant on entendait les cris et les pleurs d'autres enfants. La brève conversation que j'eus avec elle indiqua qu'elle ne travaillait pas, qu'elle ne comprenait pas ma question concernant le parking, qu'elle n'était sûrement pas au courant du projet, et qu'il y avait au total six enfants dans l'appartement. Je l'interrogeai ensuite sur la population immigrée voisine : « Bah ils sont pas comme nous. Ils mangent pas les mêmes trucs, ils ont pas les mêmes habitudes. Alors on peut pas vivre ensemble. C'est tout », avait-elle répondu. Par curiosité, je risquai une autre question : « Je pourrais passer un peu plus tard pour parler à votre mari, ou à votre compagnon ? » Elle avait ricané puis fermé la porte. On n'était pas trop habitué à voir ces gens à la télévision ou dans les journaux. D'un côté comme de l'autre, il n'y avait qu'une misère équitablement partagée, de la bêtise aussi. Je méditai un instant sur les larves de colère qui vivaient dans le noir et dans la merde juste derrière la porte : les enfants de cette jeune femme.

Le soir, Julie avait préparé un plat de pâtes en forme de lettres de l'alphabet. Nous composions des bouts de mots sur le bord de nos assiettes en rigolant. J'essayais de lui faire part de mon immersion, de lui raconter le plus fidèlement les rencontres autour du parking. Je me souviens avoir dit que j'avais eu la sensation d'effleurer la vie de « pauvres gens », c'était l'expression que j'avais utilisée. La fourchette de Julie avait crissé au milieu de son assiette en dispersant les lettres de l'alphabet. Elle avait dit : « Il n'y a pas de pauvres gens. » Pourtant, j'avais argumenté : « Si, ce sont des pauvres gens, ils n'ont rien. D'un côté, ils végètent dans leurs prières et dans leurs caves dégueulasses. De l'autre, ils vivent dans leurs terriers, sans boulot, ne connaissent rien ni personne… Leurs vies sont pauvres et c'est bien ça le problème. » Julie s'était tendue un peu plus et elle avait répété d'une voix déterminée que je ne lui connaissais pas : « Il n'y a pas de pauvres gens. » Les mots étaient limpides. « Il n'y a pas de pauvres gens. Il n'y a que des êtres humains. »

Nous nous étions finalement endormis dans les bras l'un de l'autre. Mais je peinais à trouver le sommeil. Les mêmes mots résonnaient dans mon cerveau : « Il n'y a pas de pauvres gens. Il n'y a que des êtres humains. » J'aimais Julie mais je continuais à penser qu'il y avait des pauvres gens et que j'en avais rencontré. Pendant ce temps-là, Julie ronronnait contre la chaleur de mon torse.

Le lendemain, je me rendis à nouveau dans la cité pour une dernière immersion avant de rédiger la version finale de mon article. Au petit matin, je m'étais réveillé avec le besoin d'y retourner, pour sentir l'humanité de ces gens qui n'étaient peut-être pas de pauvres gens, car Julie ne pouvait qu'avoir raison. Alors que je sortais de la station de métro et me dirigeais vers la zone du parking, prêt à rencontrer l'Autre avec un regard vierge de tout préjugé. Ma bonne volonté s'effondra net, en même temps que mon corps sur l'asphalte.

Quelques heures plus tard, je me réveillai dans un lit d'hôpital. Une infirmière en blouse bleu ciel et sandales en plastique me raconta que j'avais été victime d'une agression. Je constatai du bout des doigts la présence d'un gros bandage autour de mon crâne. J'avais le cou raide et une douleur diffuse entre les épaules et la nuque. Dans la petite chambre, Julie était venue, s'était assise et avait pris ma main. À côté d'elle, un énorme bouquet de fleurs dont elle m'apprenait qu'il avait été envoyé par le maire de la ville où je m'étais effondré. L'histoire était la suivante : j'avais reçu une pierre sur la tête alors que je marchais dans la rue, un pavé, ou un gros caillou, d'après l'étendue de la cicatrice sur mon crâne. Les policiers n'avaient pas retrouvé le projectile et ils ne savaient pas non plus qui avait pu le lancer. Le maire, sur le petit mot qui accompagnait les fleurs, m'assurait néanmoins que «toute la vérité serait faite sur cette lâche agression». Le lendemain, alors qu'un médecin venait examiner ma plaie suturée, je découvris qu'un entrefilet avait été publié sur l'incident dans le quotidien régional. On pouvait y lire notamment que le maire de la ville entendait «faire toute la lumière sur cette affaire», mais aussi que les coupables «ne resteraient pas impunis». Mon reportage n'était pas encore rédigé que j'étais devenu moi-même un fait divers. À ma sortie de l'hôpital, le maire m'attendait dans le hall, accompagné de ce qui ressemblait à un adjoint. Le type était sympathique, il avait la conversation facile et me donna quelques pistes d'interlocuteurs à rencontrer pour mon papier. Avec beaucoup d'habileté, il m'invita à rencontrer l'adjoint chargé du projet, il m'ouvrirait les archives de la mairie. Je me sentis honoré, considéré. Puis il me tendit une carte de visite et j'eus envie de crier bêtement : «Vive la République!» mais je dis seulement «Merci». Tout en me broyant la main, le maire ajouta : «Vous savez, je vais vous donner un scoop, vous l'avez bien mérité après tout : le projet là, sur le parking, il ne se fera jamais. Il y aura des recours, des embrouilles, ça prendra dix ans. Mais les gens qui vivent dans la cité, c'est une clientèle électorale qui vote. Et ils sont plus... revendicatifs. Donc on les laisse espérer.» Alors qu'il tournait les talons, son adjoint demanda : «Votre article, c'est un truc d'école? Ça ne sera pas publié, hein? Tout ce que l'on vient de se dire reste évidemment entre nous.» Vive la République.

19

Les résultats des bourses étaient enfin tombés. Mon article n'avait pas été retenu et le contrat était finalement attribué à un élève d'une autre école. Néanmoins, la direction du journal avait tenu à m'accorder un stage de six mois au sein de sa rédaction, en réparation de la mésaventure subie. C'était assez humiliant d'être repêché ainsi. Je ne l'avais pas mérité. Et personne ne me félicitait, à raison, tandis que l'on soulignait le geste élégant du journal. Le sous-texte était évident : je n'étais pas embauché pour la qualité de mon travail, mais parce que j'avais reçu un caillou sur le coin de la gueule. Je n'avais plus qu'à subir le pathétique de la situation, l'accepter en silence, parce que c'était mieux que rien. Mon apprentissage du journalisme se terminait avec ce point final médiocre.

Chacun d'entre nous avait vécu ces dernières semaines dans une forme de concentration égoïste autour de notre avenir immédiat : le basculement dans le monde du travail. Les professeurs parlaient de débouchés, d'orientations et de «choix stratégiques». Il fallait se positionner, candidater, se vendre, trouver sa place par tous les moyens. La concurrence, pourtant rude et pénible, des études était close mais elle n'était rien à côté de celle, nettement plus large et brutale, qu'allait nous imposer la vie professionnelle. Pour ma part, une rédaction m'accueillerait, certes. J'allais gagner ma vie pendant quelques mois. Mais les circonstances un peu honteuses dans lesquelles s'était décidé cet avenir m'empêchaient de me projeter avec enthousiasme. Au contraire, je préférais me blottir dans les ultimes instants de ma vie étudiante, ne pas trop imaginer la suite et son incertitude. L'apex de notre cursus à l'École de journalisme consistait en une grande fête organisée le dernier jour de notre scolarité. Je me sentais prêt à me vautrer dans l'autodestruction dérisoire de ces moments de fête.

La cour de l'école s'était transformée en une immense piste de danse bordée d'un bar sur lequel on trouvait quelques chips et des boissons alcoolisées pour tous les goûts. Au début de la soirée, les élèves formaient des petits groupes encore sérieux. On buvait une bière en conversant gaiement. On se remémorait des anecdotes, on se rappelait la nullité d'un prof, on s'amusait d'un reportage particulièrement mauvais. Ainsi se propageait un sentiment général de détente dans la foule des élèves, une détente physique qui relâchait nos nerfs et nos tripes. Mais un autre ressort se tendait : celui de la fête, celui qui éveille l'agitation électrique des nuits d'euphorie. Les rires devenaient plus sonores, on maîtrisait moins nos gestes. On commençait à remplir un peu n'importe comment son gobelet, avec des alcools forts mélangés à des jus de fruits. Un garçon habituellement pataud et timide enchaînait des pas de danse et glissait, désinhibé, vers les filles, tentant d'attraper leurs mains, avec assez peu de succès au final. Mais il avait l'air heureux, il se sentait sûrement libre, il s'oubliait, il se laissait aller. Un autre élève, un garçon de bonne famille, invitait une fille à danser le rock, faisant la démonstration d'une technique impeccable : sa cavalière était emportée d'un côté puis de l'autre, balancée, réorientée, contrôlée, avec une fougue chorégraphiée. Aussitôt le morceau terminé, la cavalière était rejetée sur le bord de la piste et le garçon restait là au milieu, droit et fier, un sourire sur les lèvres, comme s'il saluait un public imaginaire. On entendait presque les applaudissements qui retentissaient dans sa tête.

Le sol s'imbibait, devenait poisseux, et les voix poliment joviales du début de soirée se transformaient en cris, en hurlements. On commençait à danser de manière plus furieuse. La musique claquait sur les murs de l'école et ce déluge d'énergie créait un espace de violence au milieu de la piste de danse, comme le cœur d'un volcan où chacun venait faire la démonstration de ses forces : les filles se découvraient, ondulaient au milieu du dispositif, les garçons tournoyaient autour d'elles, tentaient d'attirer leur regard. Parfois, on était happé par un camarade qui hurlait une parole de joie, emportait son voisin dans un mouvement désordonné. Et c'est ce qu'il m'arrivait soudain : alors que je remplissais un gobelet de vodka, Fanny, celle qui avait brisé le cœur d'Edmond Sobieski, m'attrapa par l'épaule et m'entraîna vers la piste de danse. Elle ne sentait plus trop le patchouli et quelques mèches de sa frange étaient collées sur son front par la sueur. « Je sais bien ce que tu penses de moi », avait-elle dit en m'imposant un regard mi-clos. « Pour vous tous, je suis la salope qui a envoyé Edmond en hôpital psychiatrique. Je sais ce que vous pensez… », disait-elle, en colère, et pourtant souriante. « Mais ça ne vous a pas effleuré une seconde que je puisse être un peu amoureuse de lui, hein ? Non, ça ne vous a pas effleuré une seule seconde, parce que vous êtes des cons ! Vous vous complaisez dans vos petites messes basses de journalistes de merde… » J'étais pris par surprise, déstabilisé par le propos, mais aussi par le décolleté de Fanny vers lequel mes yeux ivres ne pouvaient s'empêcher de plonger. Elle parlait tout près de mon visage, avec l'haleine de bave et d'alcool des soirées qui amochent. Comme habitée d'une rage longtemps contenue mais enfin libérée, elle avait éclaté de rire et avait ajouté : «C'est peut-être toi le pire d'ailleurs avec ta sale petite gueule de fouine.» Elle avait les yeux maintenant grands ouverts, brillants comme les billes d'un flipper infernal. Et puis elle m'embrassa dans le cou, goulûment, sensuelle, comme si elle faisait l'amour au petit carré de peau situé sous mon oreille, avant de repartir dans une tornade de cheveux, titubante. Je restai planté près du bar, le cœur battant, la salive de Fanny séchant sur le creux de mon cou, sexuellement excité, mais aussi boxé par les mots qu'elle avait prononcés. «Sale petite gueule de fouine», c'était sévère.

Après avoir bu un nouveau verre, je claudiquai jusqu'à Julie. Elle occupait un coin de la piste avec un groupe de copines. J'embrassai une de ses joues molles et moites. Julie ne buvait pas d'alcool, et pourtant elle se déchaînait dans la danse, se dandinait sur toutes les musiques, d'une manière assez peu sensuelle mais intense. Parfois, elle accusait temporairement le coup, devait souffler entre deux morceaux. Puis son corps redémarrait, tentait de résister à la fatigue, comme si elle courait un marathon, mais sans la compétition. Il devait être 3 ou 4 heures du matin, et je buvais en regardant Julie s'agiter dans les couleurs moches des stroboscopes. Flottant dans une ivresse débile, je partis à la recherche de Fanny, parce que je voulais caresser ses formes, la délivrer de sa colère en lui faisant l'amour. Peut-être même la traiter de salope. Un instinct animal en moi voulait la posséder, me baigner dans sa chevelure, lui injecter mes fluides. Mais à la place de ça, doucement, au ralenti, je perdis l'équilibre. Je cherchai appui contre un mur de brique et je finis par m'affaisser jusqu'au sol poussiéreux, plongeant sans résistance dans un sommeil d'ivrogne. C'est ainsi que ma scolarité s'acheva.

20

―――

L'élection présidentielle était arrivée. Une majeure partie de l'électorat s'était lassée des partis qui gouvernaient à tour de rôle le pays depuis un demi-siècle. La gauche sociale n'avait pas réussi à améliorer le quotidien de l'électeur moyen. La droite libérale n'avait rien libéré, même pas quelques privilèges pour les classes moyennes. Et le centre avait brouillé les pistes, sans plus de réussite. À raison, les électeurs étaient épuisés par ce balancier inefficace de responsabilités confiées à droite, puis à gauche, sans résultats probants. La confiance était abîmée. Il fallait essayer autre chose. À quelques mois du scrutin, le scénario de l'élection s'était resserré autour de trois candidats. Trois candidats très différents. Étonnamment, Chalençon était le premier. Étonnamment, parce que sa candidature émanait d'un parti qui trouvait son cap et son programme dans un corpus inventé au XIXe siècle. Il défendait le principe d'une répartition des richesses arbitrée par l'État. Véritable bête de meeting et de discours, Chalençon était un candidat spectaculaire qui avait su fédérer autour de lui des troupes hétéroclites : quelques parlementaires, la plupart des artistes, une frange de l'électorat des territoires ruraux délaissés. Mais aussi les jeunes urbains qui colonisaient les anciens quartiers populaires et qui, dans un élan de culpabilité, souhaitaient accorder leur suffrage à un candidat de gauche comme pour se faire absoudre de leurs péchés.

Le deuxième candidat était une femme, et c'était un avantage concurrentiel considérable. Muriel Faljera avait mené une longue carrière dans les milieux associatifs. Dès le gel venu et les premiers morts dans la rue, elle surgissait dans les journaux télévisés, appelant à la solidarité envers ceux que l'on ne voyait plus à force d'habitude, ceux que l'on appelait, parce qu'il fallait bien un label, les « sans domicile fixe ». Muriel Faljera avait le profil idéal. Elle était fille d'immigrés espagnols et s'était consacrée dès son plus jeune âge à des travaux associatifs que l'on pouvait difficilement contester : bataille pour l'égalité entre les sexes, action contre la faim, défense des réfugiés sans papiers. Le visage de Muriel Faljera était rond, légèrement buriné, ses cheveux secs tombaient tout autour de sa tête, sans vraiment de coiffure. On la respectait, elle était rarement contredite parce que tout ce qu'elle disait revêtait une forme de gravité. Faljera comptait faire appel au référendum sur les sujets de société, mais se déclarait prête à imposer, sans négociation, une transition écologique qui s'appliquerait à tous les domaines, au nom de la marche de l'Histoire. Sa démocratie se voulait « inclusive » — c'était son mot — mais aussi « dogmatique » — ça, c'était le mot de ses détracteurs.

Le troisième candidat était à l'opposé du spectre social. Éric Marteleau était d'abord connu pour avoir été le chef d'une entreprise importante du pays. C'était un grand gars solidement construit : des os épais, un visage carré, une voix profonde. Il avait fait fortune en acceptant de payer une forte redevance à l'État pour opérer la distribution d'une partie des réseaux de télécommunications nationaux, un bastion jusqu'ici réservé aux pouvoirs publics. Grâce à l'agressivité de ses offres commerciales, il s'était vite remboursé et son entreprise avait cru au point de devenir incontournable : « *Too big to fail* », disait-on. Le second coup de théâtre était plus inattendu : à l'approche de la campagne présidentielle, Marteleau avait soudain annoncé qu'il cédait la gouvernance de son entreprise à sa fille, Elvire Marteleau, une jeune femme séduisante, parfaitement formée et douée. Encore séparé de quelques annuités de l'âge habituel de la retraite, Marteleau avait liquidé une quantité énorme des parts qu'il possédait dans son entreprise pour ensuite en léguer le produit à des bonnes œuvres parmi lesquelles on trouvait certaines des associations présidées par Muriel Faljera. Dernier point qui contribuait à sa popularité : Marteleau était veuf. Son épouse était morte dans un accident de ski, percutée par un jeune surfeur à pleine vitesse. Une mort violente, sur le coup, à laquelle on ne s'attend pas. Marteleau continuait de porter son alliance, il n'avait pas de nouvelle femme, ce qui forçait l'admiration des électrices, attendries par cet exemple rare d'un amour éternel. À titre de comparaison, Chalençon avait été marié quatre fois et il avait quitté chacune de ses épouses pour des femmes plus jeunes.

Un soir, dans une interview très préparée, Éric Marteleau, cinquante-quatre ans, s'était présenté au suffrage. Le journaliste n'avait servi que de rampe de lancement pour une longue envolée, soignée, émouvante, dans laquelle Marteleau rappelait ses origines modestes, les sacrifices qu'il avait dû faire pour mener son projet professionnel jusqu'à la réussite qu'on lui connaissait. Puis il avait expliqué son engagement pour la chose publique, qu'il décrivait comme désintéressé. Il souhaitait moderniser le pays, mettre son expérience d'entrepreneur au service de l'État.

Il avait été le chef de milliers d'employés, il était prêt à devenir celui de millions de citoyens.

Nous étions devant la télévision, ensemble avec Grégoire, quand Marteleau avait fait son annonce. Nous l'avions écouté, sans le moindre commentaire, jusqu'au moment où le journaliste vedette, un peu obséquieux, avait remercié le désormais candidat. «Putain, le mec n'a pas posé une seule question mais il est tellement fier, parce que c'est lui qui sera dans les archives... Sale race de journaliste!», avait lancé mon voisin de canapé.

Grégoire était maintenant élève de l'École nationale. Son cursus consistait en une série de stages en entreprise, mais aussi au sein d'officines administratives ou de services publics. Car les élèves de l'École nationale n'avaient plus grand-chose à apprendre. Après de longues années d'études, ils savaient presque tout. Pas de cours magistraux, ni de contrôles. Pas vraiment de vie étudiante, ni de fêtes. Grégoire avait passé une partie de l'année scolaire intégré à une préfecture régionale du sud du pays. Il avait sous sa coupe une petite équipe de jeunes fonctionnaires avec lesquels il était chargé de moderniser les processus de travail, fluidifier les rapports avec les administrations centrales, sans jamais dépenser le moindre sou bien évidemment. Pendant ces quelques mois, Grégoire avait beaucoup agi, allégé les pesanteurs, supprimé des strates hiérarchiques inutiles. À tel point qu'à la fin de cette expérience, ses éphémères collègues l'avaient sincèrement remercié pour ce qu'il avait fait, mais aussi pour ce qu'il leur avait appris. Et le préfet, dans son discours d'adieu, avait pris le ton de l'hommage : «Les régions ont besoin d'hommes de votre étoffe. Même si je doute qu'une préfecture se trouve à nouveau honorée de votre présence à l'avenir... Soyez certain du souvenir que nous garderons de votre passage.» Le personnel préfectoral voyait partir un jeune homme dont on devinait bien que le destin serait avant tout national.

Le journal télévisé déroulait maintenant une litanie de sujets ennuyeux, entrecoupés d'interventions calibrées du présentateur qui donnait des coups de mèches dans un sens puis dans l'autre à la fin de chacune de ses phrases. «Je crois que je vais militer pour Marteleau», avait dit Grégoire. «Le type est moderne. Il a ses chances.» Pour ma part, j'étais très sceptique et je n'imaginais pas le vote converger en masse vers un candidat qui avait déjà tout : le charisme, la fortune, une descendance talentueuse. Les gens souvent avaient un fond un peu méchant, ils finiraient par jalouser Marteleau et ne lui accorderaient pas la seule réussite qui manquait à son parcours parfait : celle du suffrage universel. Puis nous avions éteint la télé. Grégoire s'était levé et racontait maintenant les préparatifs de son mariage prochain avec Caroline, il marchait en parlant, faisait des gestes en évoquant le choix du traiteur ou la liste des invités. Je remarquai qu'il portait une paire de chaussettes dont je me souvenais avec précision. Elles étaient grises, avec des rayures bleu ciel et des petites boules de fil qui témoignaient de l'usure, élimées là où l'on devinait les orteils. Je me souvenais d'avoir vu ces mêmes chaussettes lors de notre expédition espagnole. Elles avaient souvent traîné, vides de leurs pieds, sur le sol de la chambre que nous partagions. Grégoire faisait un tabac dans les préfectures du pays, mais il était aussi mon ami d'enfance, la personne que je connaissais le mieux, à tel point que je pouvais retracer l'histoire de ses paires de chaussettes.

Caroline nous avait rejoints plus tard dans la soirée. À la fin de son stage dans l'usine d'automobiles, le patron éconduit ne lui avait laissé aucune chance. Elle avait été rétrogradée à un poste de logistique pure, chargée de l'achat des huiles qui servaient à lubrifier les robots. Un tout petit poste, assez humiliant. Mais Caroline ne se laissait jamais accabler par le sort et elle avait trouvé les meilleures huiles, avait négocié les meilleurs prix. Puis à la fin de son stage, elle avait été embauchée par un géant de l'aéronautique. Elle était justement chargée de l'optimisation des coûts. En gros, quand son employeur fabriquait un avion, l'acheteur — les compagnies aériennes dans la plupart des cas — avait la possibilité de customiser tout ce qui se trouvait à l'intérieur de la carlingue : l'armature des sièges, les tablettes, les pièces des compartiments à bagages, jusqu'à la matière plastique du tableau de bord des pilotes. Les compagnies à bas prix choisissaient des matériaux de qualité moyenne, mais surtout légers, pour réduire le poids général de l'appareil et donc le carburant nécessaire pour le faire voler. Les compagnies moins abordables choisissaient des matériaux plus luxueux dans le but de justifier auprès des passagers le prix élevé qu'ils payaient pour voler. Caroline devait donc remplir le cahier des charges des compagnies, tout en assurant le meilleur prix pour son employeur. Elle voyageait partout dans le monde pour rencontrer des sous-traitants. Ainsi, elle avait passé plusieurs jours en Allemagne, dans une usine qui fabriquait des sièges parmi les plus légers au monde. En plus d'être particulièrement légers, ils étaient moins épais de 10 % par rapport au fauteuil standard, ce qui permettait de gagner une rangée de passagers au final sur la totalité d'un appareil moyen-courrier. Dans un tel cas de figure, Caroline, vingt-sept ans, négociait des contrats énormes, de l'ordre du produit intérieur brut d'un petit pays pauvre. Elle pouvait faire gagner beaucoup d'argent à son entreprise, mais aussi changer le cours de la vie des entrepreneurs dont elle devenait la cliente. Et c'était comme ça pour tout : l'épaisseur des moquettes posées au sol, le poids des oreillers mis à disposition pour les longs vols, et même celui des mignonnettes d'alcool distribuées aux passagers. Tout était additionné, gramme après gramme, et transformé en somme, en argent. Économiser une dizaine de kilos sur un vol permettait peut-être une économie dérisoire. Mais quand on faisait voler mille appareils, plusieurs fois par jour, la somme devenait considérable. Le prédécesseur de Caroline à ce poste était l'homme qui avait inventé cette activité. C'est lui qui avait mis en équation le rapport entre les économies de poids et d'espace, et leur traduction en intérêts commerciaux. C'était un vieil Italien obsédé par sa tâche. En fin de carrière, il avait fini par déraper. Lors d'une réunion, il avait proposé à l'état-major d'une compagnie importante de recruter son personnel navigant sur des critères de poids, accompagnant sa proposition de graphiques qui permettaient de projeter les économies possibles en fonction du poids moyen des hôtesses et des stewards à bord. Selon ses calculs très précis, il fallait que le poids moyen des membres de l'équipage se situe autour de cinquante-deux kilos pour obtenir une économie significative. Il avait été promptement mis en retraite anticipée avant que l'épisode, savoureux, ne parvienne jusqu'aux oreilles d'un journaliste et ne génère un scandale dont l'entreprise aurait beaucoup souffert. Caroline reprenait ce flambeau, et c'était un travail harassant. On pouvait le lire sur son visage : ses voyages répétés aux quatre coins du monde avaient creusé des débuts de cernes autour de ses yeux. Elle restait une jeune femme prodigieusement belle, vive, et nettement au-dessus de la moyenne sur tous les plans. Mais le poids de ses responsabilités avait posé un calque de gravité sur son visage et sur son rire, qui étaient comme infectés par une forme de fatigue.

21

Depuis la fin de l'école, je n'éprouvais plus aucun sentiment pour Julie. Mon amour s'était subitement évaporé dans la brume douloureuse du lendemain de la soirée de fin d'année. Ce jour-là, une tension pénible à supporter s'était installée entre nous. Julie ne comprenait pas comment j'avais pu me laisser glisser dans une telle forme de déchéance, cette nullité qui m'avait fait perdre tout contrôle ce soir-là. N'avais-je donc aucune estime de moi ? Quand elle m'avait vu étalé, le corps désorganisé sur le sol, l'image d'un cloporte lui était venue. Elle avait pensé à ces poivrots tristes qui monologuent sur les quais de métro et que l'on évite parce qu'ils nous embarrassent. « Tu étais minable. Et je ne veux pas que tu sois minable. Je ne l'accepterai jamais », avait-elle dit. C'est à ce moment précis que mon amour avait opéré un brusque mouvement de reflux, comme la marée s'éloigne de la côte. Peut-être avais-je été un peu minable, on pouvait s'accorder là-dessus. Mais j'allais être souvent minable à l'avenir. Et ça, Julie ne pourrait pas l'empêcher. J'allais prendre encore beaucoup de cuites, avec leur dose de pathétique, et je redeviendrais peut-être chaque fois ce cloporte. «Je ne veux pas que tu sois minable. Je ne l'accepterai jamais.» Une nouvelle fois, les mots de Julie tournaient dans ma tête comme ces paroles qu'on gueule dans une vallée pour en tester l'écho. À mesure que ces mots se cognaient et rebondissaient dans mon crâne, ils s'y gravaient chaque fois un peu plus fort. Autour de nous, il y avait le petit intérieur propret de l'appartement de Julie, les photos des meilleures copines souriantes, les livres bien alignés, un tapis à poils longs, une ou deux peluches. J'étais un cloporte perdu dans cet univers de velours. Autant en rester là, il fallait que je me tire. Je me levai : «Je suis désolé, mais je crois que je ne t'aime plus.» C'était sorti comme ça, le ton était serein, les mots bien liés. Je ne me battrais pas contre ma nature pour Julie, elle venait de le comprendre et je vis les larmes prêtes à déborder de ses yeux. Elle se ressaisit et d'une voix blanche me demanda de partir. Déconfit de fatigue, je battis en retraite, fermai la porte blindée derrière moi et m'échappai jusqu'à la rue où une bruine fine rendait l'air frais. Je marchai, d'un pas lent, accablé par la fatigue et la gueule de bois, mais pas vraiment malheureux. Je venais de démolir ma première véritable histoire d'amour, en fuyant face aux difficultés, alors que les larmes de Julie montraient qu'elle était prête à tenter de les surmonter. De retour à mon appartement, je me glissai dans le confort de mon lit, blotti sous la couette. Ma vie était finie ici. Les déménageurs viendraient le lendemain matin vider mon appartement.

Avant de partir, je voulus voir Fanny une dernière fois. Forcément, mes souvenirs étaient flous. Qu'avait-elle vraiment voulu me dire lors de la soirée de fin d'année ? À quoi tenait le désir sexuel que j'avais ressenti et qui persistait depuis ? Qui était vraiment Fanny ? Je l'invitai à prendre un verre dans mon appartement où il ne restait plus rien, à part un matelas d'appoint et cette étendue de moquette verte sur laquelle mes meubles avaient laissé des traces d'usure. Nous nous étions assis sur le sol et j'avais ouvert une bouteille de vin rouge. Fanny avait laissé tomber ses rêves de journalisme culturel. Elle allait intégrer dans quelques semaines la rédaction d'une chaîne de télévision qui consacrait tous ses programmes à l'information. Une «chaîne d'information continue», comme on disait. Elle était inquiète, ne savait pas trop si elle serait à la hauteur. J'essayais de la rassurer, assez sincèrement d'ailleurs, tant j'étais persuadé que son charme et son sex-appeal correspondaient au média télévisé. La bouteille de vin se vidait et nous arrivions doucement à la forme de complicité que j'avais espérée depuis le début du rendez-vous. J'avais maintenant envie de l'embrasser, d'ouvrir son décolleté, libérer ses seins et découvrir le grain de sa peau. J'en avais marre de parler, mais j'étais un garçon timide, alors j'attendis encore pour faire le premier pas. Je repoussais le moment, parce que je voulais qu'il advienne dans les meilleures conditions. J'avais besoin de sentir que Fanny se laisserait embrasser pour me lancer. J'essayais d'être drôle, de me rapprocher d'elle, en gagnant quelques centimètres de moquette à chacun de ses éclats de rire. Et puis je m'étais senti enfin prêt, je débordais maintenant d'un désir instinctif et je pouvais tenter d'embrasser Fanny. Mais c'est au moment précis où j'allais déclencher le mouvement décisif qu'elle dit, avec un éclair d'ivresse dans les yeux : «Il est beau gosse Patrick quand même... Pas du tout mon style, mais il a tellement de talent qu'il m'excite.» Un sourire en coin, Fanny regardait le mur en face de nous, sur lequel elle projetait sans doute l'image de cette ordure de Patrick. La bouteille était vide mais je me sentis d'un seul coup plus lucide : je voyais maintenant le vin qui tachait ses dents, son collant légèrement filé sur la cuisse, les cuticules autour de ses ongles rongés jusqu'au sang. À la première occasion, je la congédiai, lui souhaitant «le meilleur pour la suite». Je pensais à Patrick, son assurance gluante de premier de la classe, lui qui pourrait pourtant baiser Fanny s'il le voulait. J'en avais ras le bol.

22

Il y avait quand même deux points positifs importants : Grégoire allait se marier dans quelques semaines. Ça serait l'occasion d'une grande fête et, c'est bien connu, les couples se forment souvent dans les mariages. J'étais le meilleur ami du marié, ma position était valorisante, et j'allais donc rencontrer les amies de Caroline, parmi lesquelles j'espérais pouvoir projeter mon désir de séduire. J'avais envie de cette nouvelle vie d'adulte, vertigineuse d'autonomie, accompagnée du sentiment d'ouvrir une porte sur tout un univers de possibilités : voyager, avoir des enfants, des loisirs, des projets, une ambition, des dettes, occuper chaque instant de mon temps. Construire aussi, gagner parfois et échouer presque autant. L'autre point positif : j'avais un travail. Et même une petite table, rien qu'à moi, au milieu d'un grand bureau collectif. On nous appelait le « Service étranger ». Je faisais partie d'une équipe de journalistes chargés de traiter les sujets internationaux d'un journal quotidien, communément désigné comme un organe de presse libéral, de droite. Les premiers jours, certains collègues m'avaient identifié comme « le jeune type repêché grâce au fait divers du caillou». Mais ce label honteux se dissipait quasi immédiatement, car en général, on s'en foutait vraiment de moi. À commencer par le rédacteur en chef, qui ne connaissait pas les noms de la plupart des journalistes sous ses ordres, et qui passait ses journées enfermé dans un vaste bureau boisé. Il s'appelait Richard de Commarque, c'était un véritable aristocrate, avec un titre de noblesse —vicomte je crois—, des grands-parents résistants, et une famille qui s'était toujours bien tenue. Il ne signait jamais un article car son rôle était principalement politique. Il recevait les ministres, négociait le montant des espaces publicitaires, animait les réunions d'état-major, et rendait ses comptes à l'actionnaire principal une fois par trimestre. On ne le voyait jamais à la machine à café, commenter un fait d'actualité ou même justifier un choix du journal. Il laissait ça à une constellation d'adjoints qui dirigeaient plus directement les équipes, divisées en petits groupes. Le chef exécutif du «Service étranger» s'appelait Frédéric. C'était un grand et gros bonhomme, moustachu, qui nous encadrait toujours avec le sourire. Il avait à son actif la couverture de plusieurs guerres importantes du siècle, ce qui lui valait le respect de tous. Un casque bleu cabossé était posé sur le rebord de la fenêtre derrière lui et renforçait visuellement ce que l'on savait de ses états de service.

Au bureau, mon environnement immédiat était constitué de deux dos d'écrans d'ordinateurs et de leurs fils poussiéreux. Derrière ces ordinateurs, à ma gauche, il y avait Adrien, un reporter taiseux mais paraît-il très talentueux, et à ma droite, Marlène, qui avait été envoyée, dès mon premier jour de travail, pour couvrir une crise gouvernementale en Bulgarie. Je me souvenais très bien de ses mots quand Frédéric, le chef, lui avait attribué sa mission : «Ben voyons... Tous les trucs chiants et les pays pourris, c'est pour Marlène!» Puis elle était partie.

Journaliste débutant, je n'étais pas appelé à voyager et pour moi le «Service étranger» n'en aurait que le nom. Ma tâche quotidienne était de rédiger une colonne de «brèves», de courts résumés d'événements qui n'avaient pas droit à plus de quelques lignes dans les pages du journal : un scrutin sans enjeu dans un pays lointain, le décès d'un ancien dirigeant, un accident ferroviaire peu spectaculaire, c'est-à-dire sans trop de morts. Je surveillais toute la journée les dépêches envoyées par les principales agences de presse, j'opérais ma sélection, écrivais cinq ou six blocs de texte puis les soumettais à Frédéric qui, une fois la lecture finie, disait invariablement : «C'est impeccable.»

J'avais assez peu de contacts avec mes collègues du service. Le seul employé avec lequel je discutais presque tous les jours s'appelait Étienne. C'était un garçon qui avait à peu près le même âge que moi, il était chargé des services techniques, de l'intendance et il distribuait tous les matins les journaux dans la rédaction. Étienne rêvait d'être journaliste, il espérait secrètement qu'un jour, un rédacteur en chef se dirait enfin : «Bon sang mais c'est bien sûr! C'est Étienne qu'il faut envoyer sur le terrain!» En attendant, il entretenait les photocopieurs, s'assurait qu'une ramette de papier était toujours prête à l'usage. Mais dès qu'il le pouvait, Étienne jetait un œil aux tableaux prévisionnels des chefs de service ou à ce qu'on appelait le «chemin de fer», ce long rail auquel sont accrochées les maquettes des pages en cours de construction, comme une matérialisation du futur journal déployé. Nous nous retrouvions une ou deux fois par jour en bas de l'immeuble, pendant qu'Étienne fumait une cigarette, et notre relation reposait sur un échange de bons procédés : je lui racontais les coulisses de mon service, les réunions de rédaction, les projets d'enquêtes. Il me racontait en échange les ragots du bureau dont il était toujours le premier au courant. Sollicité par tous pour régler les petits problèmes pratiques de la vie quotidienne au travail, Étienne jouissait d'une position privilégiée : il était par exemple entré plusieurs fois dans le bureau boisé du rédacteur en chef, un sésame seulement accordé à l'élite du journal. Des étoiles dans les yeux, il décrivait les magazines en langues étrangères posés sur un coin de la table, les unes historiques du journal accrochées au mur, les clubs de golf cachés dans un coin de la pièce. Toujours en vadrouille, Étienne surprenait fréquemment un rendez-vous secret, un conciliabule, ou mieux, une étreinte. Bref, Étienne savait tout.

Mis à part les moments passés avec lui, je n'étais pas encore une recrue parfaitement intégrée. J'exécutais les besognes pour lesquelles j'avais été embauché, je participais à la réunion hebdomadaire de mon service, mais c'était tout. J'étais encore un gosse, une brave petite main à qui l'on pouvait demander un service, et que l'on regardait avec une forme de compassion teintée d'embarras. Et pourtant, au fond, je voulais exister dans cette rédaction, je voulais qu'on me considère, étaler mes articles sur des doubles pages entières, baiser les secrétaires. Mais je ne savais pas trop comment m'y prendre, ni par où commencer.

Un jour, le regard de mon voisin taciturne apparut au-dessus du contour supérieur de son écran d'ordinateur. Adrien me jaugea un instant, puis il finit par dire : «Tiens, ça te dit d'aller déjeuner?» J'étais surpris, ravi, honoré et aussi un peu intimidé. Adrien était un ancien militaire, il avait principalement servi dans des bases africaines pour des missions de coopération, de maintien de l'ordre et de protection de nos ressortissants à l'étranger. Et puis un jour, il avait voulu devenir journaliste. Avec cette expérience des terrains difficiles, Adrien avait un profil parfait de reporter de guerre : baroudeur, débrouillard, vigilant, accoutumé aux rapports de force et au danger. Le journal avait eu du flair en le recrutant et, presque immédiatement, il avait été envoyé sur des théâtres de conflits : une révolution sud-américaine, des émeutes aux États-Unis et surtout une guerre au Moyen-Orient pendant laquelle il était parvenu à s'infiltrer au plus près des combattants. Un reportage qui lui avait valu un prix prestigieux. Adrien jouissait d'un statut particulier dans l'équipe. Pour faire simple, il faisait absolument ce qu'il voulait, n'était pas tenu de venir tous les jours au bureau. En revanche, c'était lui qui s'envolait dès qu'un conflit éclatait quelque part sur la planète. Sa valise se devait d'être toujours prête. Mais quand il ne se passait rien, Adrien rêvassait derrière son bureau encombré de courriers non ouverts, il errait à la cafétéria à la recherche de jeunes stagiaires qu'il pourrait facilement séduire. Ce jour-là était un jour comme ça : le monde n'avait pas prévu de soubresaut, l'actualité était endormie et le journal serait probablement fin et assez ennuyeux, avec un gros titre sur la dernière réforme fiscale, et une manchette sur un match de football à venir. Adrien avait passé la matinée à lire un roman, les pieds posés sur son bureau, et notre service tournait au ralenti quand nous avions quitté l'open space pour aller déjeuner. Sur le trottoir nous attendait l'autre vedette du journal : Romuald Michon. Sans même me prévenir, Adrien m'avait donc convié à un repas avec l'autre pointure de la rédaction. J'étais verni et tellement intimidé sur le chemin du restaurant que je devais me concentrer pour marcher droit : qu'est-ce que j'allais bien pouvoir raconter pour attirer leur intérêt, ou au moins être digne de partager leur table ? Romuald Michon était un type assez laid, le crâne pelé du futur chauve, menton fuyant et grosses joues, un profil de hamster. En revanche, c'était un être incroyablement vif, dont l'intelligence se manifestait dans des éditoriaux pleins de culture et des avis taillés à la serpe. Il était toujours impliqué furieusement dans tout ce qu'il disait, ce qui lui ouvrait les portes des plateaux de télévision et des émissions de radio. Romuald Michon avait un avis sur tout, il rentrait dans le lard sans prévenir, et le politiquement correct ne l'effrayait jamais, ce qui correspondait bien à la ligne éditoriale du journal. À notre entrée dans le restaurant, de nombreux regards s'étaient portés sur Romuald, presque instantanément identifié de tous. À table, il s'était montré très sympathique, me questionnant avec curiosité sur mon travail au sein du « Service étranger ». J'étais séduit. La discussion avait ensuite divergé vers l'élection présidentielle dont le dénouement était maintenant imminent. Muriel Faljera faisait la course en tête, le corps électoral semblait peut-être prêt à élire une femme pour la première fois. En tout cas, l'opinion publique évaluée par l'intermédiaire des sondages la plaçait devant ses concurrents. Et pourtant, Romuald Michon était catégorique : « Mon billet que c'est Marteleau qui gagne. Il va la taper au premier et au second tour, vous verrez ! » Depuis quelques semaines, en effet, le candidat Marteleau avait résisté aux nombreux assauts des journalistes qui enquêtaient frénétiquement sur son histoire familiale, son parcours, sa fortune, en espérant y découvrir au moins une maîtresse ou une preuve de fraude fiscale. Des équipes entières auscultaient la biographie du candidat, contactaient son entourage, tentaient par tous les moyens de se procurer des documents compromettants. La presse de gauche était particulièrement hostile : élire un chef d'entreprise à la tête du pays était inacceptable, il fallait faire obstruction. En revanche, dans un journal de droite comme le nôtre, Marteleau avait bien sûr la paix. Aussi incroyable que cela puisse paraître, les journalistes ne trouvaient rien. Pas de diplôme usurpé, les impôts étaient payés, les dons aux associations honorés. Tout juste avait-on identifié une ancienne secrétaire virée sèchement, et qui avait raconté cette expérience dans un livre-confession publié par une petite maison d'édition qui espérait ainsi se faire un peu de publicité. Rien n'avait pu empêcher l'irrésistible ascension d'Éric Marteleau. Pour étayer son pronostic, Romuald Michon racontait qu'il avait rencontré Muriel Faljera la veille pour une interview. Il l'avait trouvée très fébrile, le nez dans des monceaux de fiches gribouillées de mots-clés et de phrases toutes faites. Elle ne tiendrait pas longtemps. «Marteleau va la bouffer», jubilait Romuald Michon, comme un spectateur excité devant le sprint final d'une course particulièrement disputée.

Le déjeuner avait traîné jusqu'en début d'après-midi. Romuald faisait son numéro et nous l'écoutions disserter bien volontiers. Quand tout à coup, nous avions tous les trois été rappelés en urgence au bureau.

23

———

La rédaction tout entière semblait animée, presque possédée, d'une vibration intense, comme si l'excitation de chacun était rendue palpable dans l'air. Les télés, habituellement éteintes dans l'open space, crachaient un vacarme de jingles entre lesquels des présentateurs aux mines sombres scandaient ce qu'ils savaient des faits : une attaque s'était produite dans une école du sud du pays. Une école juive. Il y avait plusieurs morts, dont des enfants. L'auteur était en fuite. Les présentateurs usaient de conditionnels, pour éviter d'être contredits par des faits ultérieurs, et multipliaient les béquilles verbales pour enrober la brutalité de ce qu'ils avaient à annoncer : «Voilà ce que l'on peut dire pour le moment», «À l'heure où l'on se parle», «N'excluons aucune hypothèse.» Depuis mon bureau, je voyais les journalistes du «Service intérieur» qui s'agitaient, passaient des coups de fil, couraient d'un bureau à l'autre la mine grave. Deux reporters étaient déjà partis, en route pour le lieu du crime. Mon chef de service Frédéric était enfermé depuis une heure environ dans le bureau boisé pour une réunion d'urgence. Ma colonne de brèves était d'ores et déjà annulée et les pages d'actualité internationale seraient logiquement avalées par celles consacrées à l'attentat. Je stationnais au milieu du bureau, grisé par cette excitation malsaine que les drames provoquent chez les journalistes. Si l'on oubliait un peu les faits et que l'on observait l'agitation qui traversait le bureau, on pouvait y voir des professionnels simplement heureux de faire leur métier dans un moment d'exaltation extrême. Ou bien on pouvait considérer que nous étions les témoins de l'un de ces événements qui s'ouvrent comme une crevasse et qui dévorent tout, que nous avions une responsabilité par rapport aux événements en cours. Mon désœuvrement me faisait plutôt pencher pour la première hypothèse, sans emphase.

À la télévision, les premiers reporters arrivés sur le site de la fusillade étaient des correspondants régionaux. Ils prenaient place devant les cordons de sécurité et racontaient sensiblement la même histoire que les présentateurs qui lisaient leurs dépêches depuis les studios. Mais ils avaient l'accent des habitants du Sud en bonus.

Et puis les choses finirent par s'accélérer : la police organisait un point presse dans lequel elle égrenait des précisions sur l'attaque dont une, cruciale, qui donnait une ampleur supplémentaire à la tuerie : d'après les premières constatations, le motif du crime semblait être religieux. Dans la foulée, les ministres prirent la parole pour exprimer leur consternation et appeler à l'unité, puis les candidats avaient suspendu chacun leur campagne. Un portrait-robot fut diffusé, accompagné d'un numéro de téléphone au bout duquel une cellule de crise était en train de se former au ministère de l'Intérieur. Les analystes convoqués sur les plateaux de télévision étaient catégoriques : on était face à un attentat sans précédent. «L'heure est grave», disait un sénateur dont l'embonpoint était comique. À côté de lui, il y avait Romuald qui, aussitôt notre déjeuner interrompu, avait rejoint les plateaux pour commenter les événements sur les chaînes d'information continue. «C'est une attaque dirigée contre la cohésion nationale, un attentat qui a pour but de fracturer ce que nous sommes», déclamait-il avec cet aplomb qu'on aimait tant chez lui. «Il a raison ce con. C'est du sérieux», avait dit Adrien, dont on ne pouvait s'empêcher de penser qu'il était déçu de ne pas participer à la couverture de l'attentat. La télévision diffusait les premiers témoignages de badauds qui avaient aperçu l'assaillant. Une dame confiait ainsi : «J'ai vu une moto noire, qui roulait plus vite que la normale. Je me suis fait la réflexion, tiens c'est bizarre cette moto qui fonce à cette vitesse... On est dans un quartier résidentiel quand même. Et puis je suis passée à autre chose. Vous savez comment c'est, hein? Sur le moment, je ne pouvais pas savoir que c'était lui...» La pauvre femme semblait terrorisée par la vision fugace du tueur, ou peut-être par les objectifs des caméras et les micros qui s'amalgamaient tout autour d'elle. Une chasse à l'homme était lancée dans tout le pays.

Frédéric était finalement sorti de réunion et m'avait conseillé de rentrer chez moi. C'était mon premier *breaking news* au journal et il comprenait bien ce que cela avait de frustrant de ne pouvoir en être l'acteur. Mais c'était sûr, dans les prochains jours, on compterait sur moi, me consolait Frédéric, toujours optimiste. Alors que je rangeais mes affaires, j'aperçus Étienne qui avait été appelé pour décrocher le chemin de fer préparé avant l'attentat. Il arrachait les pages d'un journal qui ne paraîtrait jamais. Un papier remarquable de Marlène sur la crise bulgare allait à la poubelle. Il fallait tout reprendre à zéro.

Une fois rentré à la maison, j'allumai la télévision, je coupai le son et j'appelai Grégoire. Je ressentais le besoin d'écouter l'avis de mon ami, ne serait-ce que pour évaluer son degré de panique et adapter le mien en conséquence. Nous étions à la veille de son mariage avec Caroline.

Ces derniers temps, Grégoire était devenu difficile à joindre, car il s'était engagé de manière active dans la campagne d'Éric Marteleau pour la présidence. Il avait intégré un groupe de jeunes cerveaux qui conseillaient le candidat, l'abreuvaient de notes, réfléchissaient au cap possible de sa politique une fois élu. Caroline l'accompagnait le week-end sur les marchés quand il distribuait des tracts sur lesquels était imprimé un portrait de Marteleau, les bras croisés, le regard dirigé vers l'horizon. Les préparatifs du mariage avaient été confiés à une jeune femme qui coordonnait l'action d'une myriade de prestataires. Au téléphone, Grégoire semblait peu préoccupé par l'imminence de la cérémonie, tout semblait sous contrôle, il expliquait sans beaucoup d'implication que tout était « géré ». Pendant que je l'écoutais, une part de mon attention était fixée sur la télévision où l'on voyait l'image d'un pupitre derrière lequel un procureur quelconque allait prendre la parole. Dans une petite lucarne en bas à droite de l'écran, on voyait Romuald Michon et d'autres experts qui continuaient d'alimenter l'antenne de leur verve insatiable. J'interrogeai Grégoire sur l'attentat : « Ça a l'air grave non ? » Sa réponse coula, très fluide, sans l'espace d'un doute, preuve que son analyse était prête : « Écoute, primo, il y a des enfants parmi les morts, et les enfants morts, c'est tabou. Deuxio, on n'avait pas vu d'attentat à revendication religieuse sur le territoire depuis une dizaine d'années. Alors oui, ça va marquer l'opinion, obliger le pouvoir à l'action... En tout cas, les cartes sont rebattues pour l'élection. »

Grégoire terminait en même temps sa scolarité à l'École nationale, il ne lui restait que quelques semaines de cours avant le diplôme. Un tel fait d'actualité qui surgissait en pleine campagne électorale, c'était une énorme source d'excitation et de curiosité pour tous ses camarades, futurs fonctionnaires de haut rang, et donc appelés à prendre dans un avenir proche une part active dans la gestion de ce type d'événements. D'ailleurs, quand l'annonce de l'attentat avait été faite, le directeur de l'École avait aussitôt imposé un dernier exercice : une cellule de crise fictive serait formée, et les élèves devraient collectivement l'animer en réagissant aux faits tels qu'ils se dérouleraient dans la réalité. C'était en quelque sorte une aubaine pour eux de terminer leur scolarité sur une simulation de ce genre, et Grégoire était effondré de ne pouvoir y participer. En effet, il fallait qu'il épouse Caroline.

24

C'était un mariage classique, avec une cérémonie religieuse, une voiture de collection fleurie pour véhiculer les
mariés, des jolies filles et des garçons élégants. Je retrouvai
les parents de Grégoire que je n'avais pas vus depuis de
longues années : sa maman était toujours la même grosse
dame pleine d'énergie, ses cheveux avaient seulement
blanchi. En revanche, son mari prenait désormais appui
sur une canne faite d'un beau bois verni. Il semblait affaibli,
sensation contredite dès qu'on lui adressait la parole : son
regard bleu était d'autant plus perçant que son visage
s'était parcheminé, et ses deux iris luisaient au milieu
de sa tête comme s'ils étaient radioactifs. Les intonations
de chacune de ses paroles gardaient ces notes dont on ne
savait si elles témoignaient d'une forme de distinction, de
noblesse, ou seulement d'un mépris amusé face à la plupart
de ses interlocuteurs. Le papa de Grégoire était maintenant
un vieillard, mais sa présence continuait d'imposer une
tension et presque un inconfort qui me rappelait ce samedi
où j'avais assisté à l'examen des tableaux proposés par son
fils. Parmi la foule joyeuse qui discutait sur le parvis de

l'église, il y avait aussi les parents de Caroline. Son père était un type très grand, à l'allure tout à fait supérieure, qui portait des lunettes et souriait peu. Je savais qu'il avait fait toute sa carrière dans l'industrie pétrolière, voyageant énormément en Amérique du Sud et au Moyen-Orient. À côté de lui, verticalement parallèle, se tenait son épouse. La première chose qui sautait aux yeux, c'était la ressemblance absolue entre la mère et la fille, qui accentuait donc le seul détail vraiment divergent : là où la peau de Caroline semblait de pêche fraîche, celle de sa mère était labourée de profondes rides qui descendaient de ses yeux vers son cou, et s'enroulaient tout autour de sa bouche. D'autres rides plus fines s'étendaient comme les rhizomes d'un système racinaire qui flétrissait l'ensemble de sa peau. On ne pouvait s'empêcher de penser à l'adage « Telle mère, telle fille », et se demander si les mêmes gênes produiraient les mêmes effets. Ou si la contribution génétique du père suffirait à sauver le teint parfait de Caroline. En tout cas, j'étais certain que pendant toute la journée du mariage, d'autres convives se feraient la même cruelle réflexion, la gardant à l'intérieur d'eux bien sûr, puis la partageant peut-être sur l'oreiller le soir avec leur conjoint ou dans la voiture, entre amis, à l'heure du retour : « Vous avez vu comme la mère de Caroline est tapée ? »

Mon regard et mon attention s'attardèrent surtout sur une jeune femme qui n'avait pas de lien de parenté avec les mariés. C'était une amie de Caroline, elle portait un de ces prénoms qu'on donne dans les bonnes familles, elle s'appelait Philippine. Elle était blonde, avec quelques mèches plus claires travaillées chez un coiffeur, une belle mâchoire carrée, une dentition parfaite, et des fesses rondes sur lesquelles glissait la soie d'une robe rose pâle. Ce détail stimula mon imagination et mon désir, y compris pendant la messe. Renseignement pris auprès de Grégoire, Philippine était célibataire. Mis en confiance par mon statut de témoin du marié, je m'approchai d'elle et lui proposai de former un binôme pour organiser le lancer des pétales de fleurs sur le chemin des nouveaux mariés à la sortie de la messe. Elle fut ravie de la proposition et acquiesça avec un sourire franc. J'étais euphorique alors que Grégoire et Caroline descendaient les quelques marches devant l'église, encouragés par nos hurlements et posant pour les photos. À chaque mouvement de Philippine, j'inspirais profondément son odeur, tentais d'effleurer le haut de son bras nu avec le dos de ma main. Nous allions passer la journée sans jamais être vraiment loin l'un de l'autre. Aussi exagéré que cela puisse paraître, je me sentais déjà amoureux d'elle.

Un verre était ensuite prévu à la terrasse d'un café qui faisait face à l'église. C'était amusant de prendre un peu de recul et de nous voir tous, chics et privilégiés, parfaitement accoutrés et joyeux, alors que la ville continuait d'exister autour de nous, avec ses éléments de laideur, ses bus sales qui s'arrêtaient le long du trottoir, ses passants pressés et ses chiens qui pissaient sur les coins des murs. Nos tenues soignées marquaient la frontière entre la bulle sympathique qui nous réunissait et le monde extérieur. Alors que je me dirigeais vers les toilettes, j'aperçus un écran branché sur une chaîne d'information à l'intérieur du café. L'attention était toujours concentrée sur l'attentat car le meurtrier venait enfin d'être localisé dans une bourgade du sud du pays. La police était catégorique, c'était bien lui. Il était retranché dans un appartement en rez-de-chaussée, cerné, mais pas encore arrêté, ni abattu. Les forces spéciales, en tentant de l'interpeller, avaient essuyé un feu nourri. Le type avait crié quelques paroles religieuses et s'était de lui-même présenté comme l'auteur de la tuerie, annonçant qu'il était prêt à mourir, mais qu'il mènerait le combat jusqu'à la dernière seconde. La police temporisait maintenant et préparait le prochain assaut. Était-il seul ? Quel était son arsenal ? Valait-il mieux le saisir mort ou vif ? Les reporters étaient maintenant parqués à distance de l'appartement, derrière un cordon rouge et blanc, attentivement surveillés par des hommes armés. Pour accompagner leur propos, les télés diffusaient toutes la même image : c'était une vidéo enregistrée par un voisin dans laquelle on voyait un extrait du premier assaut. On entendait une première salve de tirs, plusieurs détonations qui semblaient y répondre, puis d'autres tirs, encore plus nourris, sans savoir qui était à l'origine de quoi. Cette vidéo était impressionnante, car ça ne ressemblait pas du tout à une scène de guerre dans un film. Non, c'était beaucoup plus ordinaire, le décor n'avait rien de spectaculaire, on avait tous déjà vu un paysage urbain de ce type. On avait tous un jour marché sur une de ces allées au béton éclaté, au milieu de pelouses mal entretenues, on avait tous patienté devant un hygiaphone démodé comme celui qu'on devinait juste à côté de la fenêtre de l'appartement dans lequel le terroriste était retranché. La différence était dans le son, dans le claquement sec des impacts de balles qui fragmentaient la banalité de toutes ces images. Les télévisions tenaient l'antenne depuis l'annonce de la tuerie, racontaient chaque rebondissement, décortiquaient chaque nouvelle information, et le siège qui commençait s'inscrivait dans une dramaturgie qui ne faisait que se tendre toujours plus à chaque épisode. J'imaginai un instant l'effervescence qui devait régner à la rédaction. Puis, pile au moment d'une nouvelle intervention du reporter sur place, les tirs avaient repris, en direct à la télévision. « Vous l'entendez derrière moi, c'est le feu d'armes lourdes qui retentit maintenant. Et c'est probablement une nouvelle phase de l'assaut qui commence... » Le type tenait d'une main son micro et de l'autre se bouchait une oreille. Il s'était un peu recroquevillé quand les tirs avaient repris, sûrement inconsciemment, parce qu'on se doutait bien que les journalistes étaient tenus à distance raisonnable de tout danger possible. Autour de moi, d'autres participants au mariage s'étaient réunis dans le café. Il y avait des hommes distingués, costumés, des dames à chapeaux et à robes fleuries, tous captivés par la diffusion en direct de cette lente mise à mort.

Soudain, la voix d'une jeune femme nous sortit de l'espèce de méditation triste dans laquelle la télévision nous avait plongés : «Ben alors! C'est un mariage les amis! Ça n'est pas le jour pour regarder des horreurs à la télé! Allez, tout le monde sort pour prendre l'air et boire un verre!» C'était la jeune femme chargée d'organiser le mariage, Samantha, et elle n'avait ni raison ni vraiment tort. Un événement terrible était en train de se tramer, mais il était de notre devoir d'être tout entiers à la fête. Philippine était restée dehors, elle devisait gaiement avec un groupes d'amis sur la terrasse. À travers la vitrine du café, je pouvais voir le photographe engagé pour le mariage qui lui proposait de s'écarter du groupe et de poser, adossée à un platane, pour un portrait. Elles allaient être très belles, ces photos.

Ensuite, nous avions pris le chemin du lieu où le cocktail et la soirée allaient se dérouler. Samantha nous guidait, toujours aussi vive. Elle passait un coup de fil, répondait à une question, consultait un document plastifié qu'elle avait toujours à portée de main. C'était une puissance fédératrice et organisatrice. Elle dirigeait, nous suivions, foule bien habillée, égayée par le premier apéritif consommé. Nous étions arrivés ensuite dans l'enceinte d'un hôtel particulier en pierre de taille vraiment superbe : une volée de marches à escalader, puis un vestibule au carrelage noir et blanc. À droite, on devinait la salle où nous allions dîner, des serveurs s'affairaient aux derniers préparatifs. Le vestibule donnait également sur un jardin en face de l'entrée. Dehors, les premiers convives déambulaient un verre à la main. Paul, le musicien que Grégoire avait gardé en amitié depuis l'École normale, avait constitué un petit orchestre de chambre et jouait du piano sous un préau : des mélodies classiques, un trio de Schubert, ou des airs plus populaires, comme le morceau d'un chanteur pour midinettes, dans une orchestration amusante, parce que c'était l'une des chansons préférées de Caroline. Je m'approchai d'un groupe d'amis de Grégoire que je connaissais un peu, pour la plupart des camarades de l'École normale qui étaient ensuite devenus des concurrents à l'École nationale. Les jeunes gens rigolards débattaient à propos du photographe du mariage. Les garçons trouvaient que le type dépassait les bornes, qu'il était discourtois et mal habillé. Je jetai un coup d'œil au bonhomme, qui discutait avec les parents de Grégoire quelques mètres plus loin, et je partageai immédiatement cet avis. Le mec avait une barbe de trois jours qui grisonnait, un jean usé, déformé, un T-shirt qui laissait voir des tatouages sombres sur ses avant-bras. Il riait très fort et tenait la mère du marié par la taille. Les filles trouvaient au contraire que le photographe était «sexy», «animal», et l'une d'elles le décrivit comme «un mâle alpha», une formule de magazine féminin qui désignait les vrais mecs, les types virils qui ne mettaient pas les formes, qui faisaient du mal aux filles, mais vers lesquels elles se sentaient pourtant irrésistiblement attirées. Alors oui, peut-être pouvait-il dégager le sex-appeal du *bad boy*, mais j'avais peine à l'imaginer séduire les créatures jeunes, fraîches et sophistiquées qui assistaient au mariage. Nous avions coupé court à la conversation car le photographe venait justement droit vers nous. Avec une aisance déconcertante, il lança à notre petit groupe d'une voix grave et amusée : «Allez les enfants! On enlève son balai de là où vous savez, on se serre et on fait un joli sourire!» Il avait déclenché son appareil cinq ou six fois pendant cette phrase, captant sûrement l'embarras que traduisaient nos regards. «Et voilà, comme ils sont beaux! Surtout les filles...», avait-il conclu d'un clin d'œil, avant de passer au groupe d'à côté. Cette intervention fulgurante ne faisait que renforcer le sentiment de chacun des deux camps : les filles étaient épatées par son assurance, et les garçons agacés par cette décontraction sans bornes. J'étais pour ma part un peu admiratif aussi. Ce type semblait glisser sur la vie, étranger à toute forme de timidité ou d'inhibition, même au milieu d'un groupe de gens qu'il ne connaissait pas. C'était un talent incontestable, pour son métier, et pour la vie moderne en général.

Une ivresse légère et très positive se propageait, quand le groupe de musiciens se mit à interpréter l'une des chansons préférées de Grégoire. C'était le morceau d'un groupe de hard-rock qu'il avait pour habitude de chanter sous la douche ou dès que nous prenions le volant. Le refrain comprenait les paroles suivantes : «*Exit light, enter night.*» Il était l'heure de passer à table.

Je découvris sur les plans de table que Philippine et moi étions assis côte à côte. Je croyais de plus en plus à la possibilité d'un début de quelque chose avec elle, dès ce soir. En tout cas, j'allais faire de mon mieux. Je m'y employai dès l'entrée en questionnant Philippine sur sa situation professionnelle. Elle était attachée de presse pour un groupe de luxe, c'est-à-dire qu'elle s'occupait de trouver des relais auprès des journalistes pour diffuser des informations sur les produits d'une multitude de marques qui allaient d'une ligne cosmétique, en passant par une manufacture de montres de précision, jusqu'à un producteur historique de champagne. Sa dernière mission en date consistait en la modernisation de l'image d'une marque de bagagerie de luxe, notamment réputée pour des valises montées sur roulettes particulièrement appréciées des touristes asiatiques. Il fallait toujours se positionner auprès des clientèles les plus haut de gamme.

Car c'est ainsi que le groupe maintenait des prix de vente élevés et donc ses marges. En communiquant de manière agressive et précise sur des cibles à fort pouvoir d'achat et en s'identifiant toujours auprès d'elles comme le fournisseur le plus prestigieux. «Mais ça, c'est plutôt du market», avait conclu Philippine. J'étais totalement épaté. On irait bien ensemble : elle, la brillante attachée de presse, moi, le talentueux journaliste spécialisé dans les sujets internationaux. Car j'avais un peu enjolivé mon propre récit. Quand elle avait tourné ses beaux yeux vers moi en disant : «Et toi? Tu fais quoi?», mon cœur, ma langue et mon imagination s'étaient emballés... Je lui racontai que j'étais enquêteur au sein du «Service étranger» du journal. Mais un enquêteur important, qui travaillait au long cours sur tous les sujets internationaux, et qui partait lui-même parfois sur des terrains particulièrement difficiles. Avec beaucoup de fausse modestie, j'expliquai que la polyvalence de mes connaissances me rendait indispensable au service, présentant presque mes qualités comme un fardeau. Je vis apparaître dans le regard de Philippine comme une lueur, un sourire d'aise se dessinait sur ses lèvres si pleines, c'était le signe qu'elle me jugeait digne. À son niveau de valeur. «J'imagine que tu as bossé comme un malade avec l'attentat?» J'étais lancé et c'était de toute façon trop tard pour faire machine arrière. «Je ne te cache pas que j'ai bossé toute la nuit, oui... J'ai dû faire jouer tous mes contacts dans les chancelleries étrangères pour obtenir des réactions officielles.» Mon mensonge prenait une forme monstrueuse. Mais j'y prenais goût. Je triturai du bout des couverts ce qu'il restait dans mon assiette, puis je marquai une pause : «J'ai eu une source à l'ambassade à Washington...» Puis à voix basse, dans le creux de l'oreille de Philippine : «Le FBI a un tuyau sur le terroriste... Pour l'instant, on ne peut pas le sortir, c'est explosif. Mon boss m'a demandé d'alerter le ministère des Affaires extérieures...» Je fus interrompu par un couteau qui tintait sur le cristal d'un verre. La mère de Grégoire tentait d'attirer l'attention vers sa table et surtout vers son mari, debout à côté d'elle, et qui tenait un micro. C'était l'heure du discours en l'honneur des mariés. La salle entière bascula dans le silence et les têtes se tournèrent vers le père de Grégoire qui jaugeait son public, ce petit sourire illisible toujours accroché au visage. Chacun dans la pièce connaissait son histoire, sa réussite professionnelle, son caractère, et on s'attendait à une prise de parole de haut niveau. Il approcha le micro de sa bouche, ouvrit grands ses yeux bleus, et scanda, d'une voix de stentor : «Voici mon fils, livré pour vous!», surprenant tout le monde par cette attaque tonitruante. Il resta une seconde immobile, le bras tendu vers la salle, comme un tragédien grec. Puis, beaucoup plus doucement : «Voici Grégoire, mon fils, le sang de mon sang, livré pour vous.» Puis une pause encore un peu plus longue. Il enchaîna, moins solennel, et dans un tempo plus rapide : «Alors non, rassurez-vous, je ne pense pas que mon fils soit la réincarnation du Messie. Mon grand âge n'altère pas encore à ce point les facultés de ma raison. Vous connaissez les qualités de Grégoire, pour certains peut-être encore mieux que moi, et je me contenterai ici d'en détailler une seule, la plus importante à mes yeux : son appétit pour la vie. Et pour bien me faire comprendre, je voudrais vous raconter une anecdote. À l'âge de dix ans, Grégoire a convoqué ce qu'il appelait "une conférence de presse", avec nous, ses parents, pour seul public. Il nous a présenté les lignes directrices de ce qu'il appelait son "organisation intellectuelle", alors qu'il entrait en première année de collège. Grégoire appelait ça un "plan prospectif" dans lequel il détaillait ses lectures à venir, les musées qu'il souhaitait visiter, quels sports il pratiquerait et à quel moment. Tout était savamment imbriqué : l'arithmétique avant la géométrie, Mozart avant Verdi, les billes avant le tennis... C'était un peu son chemin de croix, son Golgotha de la connaissance. Et ça n'est heureusement que beaucoup plus tard que j'ai constaté que cette soif de connaissance pouvait aussi se porter sur mes bouteilles de whisky qui s'évaporaient mystérieusement quand Grégoire réunissait ses apôtres à la maison...» La salle riait et Grégoire inclinait la tête, comme gentiment crucifié par le bon mot de son père. Il continua : «Il n'y a finalement qu'un domaine dans lequel la curiosité de mon fils a trouvé ses limites... Et c'est ce qui nous réunit ce soir. Là où Grégoire voulait tout entendre, tout comprendre, expérimenter, voyager, engloutir, dévorer. Et tout boire aussi...» Rires à nouveau. «Il s'est montré en revanche absolument exclusif quand il s'est agi de choisir une épouse. Presque borné. Grégoire n'était plus Grégoire. Aucune enquête, plus une seule once de cette curiosité dévorante... Mon fils a choisi Caroline comme une vérité révélée, comme Moïse face au buisson ardent, il s'est jeté dans cet amour corps et âme, sans jamais en dévier.» En plus d'être un orateur expérimenté, le père de Grégoire avait des talents d'acteur évidents, il balayait la salle de son regard laser, maniait le sourire et accompagnait ses paroles de gestes amples et lents de la main dans un tempo parfait. «Grégoire était le seul à savoir qu'il n'y aurait qu'elle. Et comme toujours, la force et la sûreté de son jugement ont emporté l'adhésion de tous. Voici donc mon fils, livré pour vous, Caroline. Mettez en commun vos qualités, travaillez contre tous vos défauts, ne soyez jamais satisfaits de rien. Et c'est comme ça que vous profiterez pleinement de votre vie à deux.» Après une ultime pause, le père de Grégoire reprit de sa voix la plus puissante, il se raidit et vibra tout entier : «Amen!» S'ensuivit un tonnerre d'applaudissements mêlés de rires et de bravos. Puis les rituelles embrassades entre le marié et ses parents. Pour la première fois, j'étais témoin d'un signe d'affection véritable entre Grégoire et son père. Et puis le brouhaha des conversations avait repris, le plat suivant fut servi sur les estomacs des convives, encore serrés par la raideur éloquente du discours qui venait d'être prononcé. Avec de l'ironie certes. Mais le père de Grégoire venait quand même de comparer son fils au Christ, ce qui ne laissait aucun doute quant à la place qu'il s'attribuait dans la sainte Trinité.

Une voix douce me parlait, rien qu'à moi : « Ça va bientôt être ton tour de parler. » C'était Philippine dont le sourire confirmait que les conditions étaient en train de se réunir pour satisfaire l'objectif de mon travail de séduction : l'embrasser avant la fin de la soirée. En tant que témoin, j'étais le prochain à prendre la parole et, bien sûr, mon discours était prêt, préparé depuis plusieurs jours, répété et appris presque par cœur. La rencontre avec Philippine ajoutait à mon trac, mais au fond, je savais ce que j'avais à dire, et il était de toute façon trop tard pour improviser. Je mangeai une dernière bouchée du carré de veau qui nous avait été servi, puis je souris à Philippine la bouche pleine. C'était à moi.

25

―――――

«Grégoire est mon ami depuis que je suis un tout petit garçon.» Ma voix était blanche, ma respiration saccadée m'empêchait de parler de manière fluide... J'inspirai un grand coup, descendis d'un ton, puis je répétai. «Grégoire est mon ami depuis que je suis un tout petit garçon. Et à l'intérieur de chacun de mes souvenirs, il y a sa tête rousse quelque part dans le décor. Grégoire qui tape dans un ballon. Grégoire qui saute dans une flaque. Grégoire qui a une meilleure note que moi. Grégoire qui me fait goûter un alcool fort prélevé dans une bouteille de son père.» J'avais improvisé cette dernière blague et j'avais bien fait. Il y eut quelques rires, ce début était prometteur. Je me tournai vers le patriarche : «Oui, comme vous l'avez dit monsieur, Grégoire est ce garçon curieux de tout, et chacun dans cette pièce a sa petite histoire à ce sujet. Celle qui me vient à l'esprit se déroule en Espagne, il y a quelques années, à l'Alhambra de Grenade. Grégoire avait passé une partie de la nuit à préparer cette visite qu'il estimait de la plus haute importance. Il avait lu, consulté des plans, pris des notes... Une fois sur place, ce fut un festival : Grégoire stationnait, interdit, devant la dentelle de chaque vestibule, il commentait l'ouvrage d'une colonne avec les mots les plus fins, contextualisait ici ou là notre visite d'un rappel historique. Car Grégoire veut tout savoir. Et tout voir, y compris des choses que lui seul perçoit. Je m'explique... Nous sommes toujours en Andalousie, et cette même journée s'était terminée en ville à une heure avancée de la nuit. Une heure à laquelle nos regards d'esthètes pouvaient s'être un peu embrumés...» Rires à nouveau. «Nous étions échoués contre le zinc d'un bar franchement glauque, et à quelques mètres de nous, des filles dansaient sur la piste de danse. Et c'est là, dans cette ambiance de boîte de nuit, que seul un garçon comme Grégoire peut dire : "Tiens, regarde, cette lumière me fait penser à un clair-obscur de Rembrandt."» Une partie du public riait, la plus sophistiquée. Le père de Grégoire en faisait partie, et il semblait se rassasier de cette nouvelle anecdote valorisant son Christ de fils. Mais mon discours changea ensuite de direction : «On se gargarise tous ce soir de ce talent immense qui nous fascine et qui nous impressionne : les bons mots de Grégoire, les bonnes notes de Grégoire, la culture de Grégoire, l'avenir radieux de Grégoire...» Dans l'instant, je fus frappé par ce qui perçait de jalousie et de ressentiment dans cette phrase, et j'étais presque étonné d'avoir pu l'écrire. «Mais moi, je ne pense qu'à une chose quand je pense à lui, quand je pense à toi. Je pense au petit garçon qui avait étalé des reproductions de tableaux partout sur le sol de sa chambre, avant d'en choisir une à présenter à ses parents. Je pense au choix de ce petit garçon, celui de l'œuvre au plus fort potentiel, le choix de la raison, le choix qui allait faire plaisir à son papa.» Plus un bruit. «Ce même petit garçon gardait, planqué sous son oreiller, un copie d'un autre tableau, celui de Valtat que tu aimais tant. C'était un choix plus sensible, moins raisonné, le vrai choix d'un artiste.» Je prononçai cette dernière phrase en regardant dans la direction du père de Grégoire dont les yeux bleus se firent polaires. « Et c'est avec ce regard de petit garçon, ce regard d'artiste, que tu es tombé amoureux de Caroline. L'amour d'un petit garçon qui a lu des récits de preux chevaliers qui séduisent des princesses, et qui chantent des chansons au pied du donjon où dort leur bien-aimée. Pour séduire Caroline, tu as réhabilité des techniques de séduction médiévales qu'on ne reverra pas de sitôt sur cette planète... » Je m'attendais ici à des rires, mais rien. « Alors certes, il y a ce Grégoire que l'on connaît tous, le futur avocat, le futur grand ministre, ou tout ce que tu voudras. Mais il y aura aussi toujours au fond ce petit garçon qui aime les belles choses, les choses pures. Et c'est sûrement ça qui vous a réunis tous les deux avec Caroline. » C'était un peu abrupt comme fin. Quelques applaudissements commencèrent à se faire entendre quand je décidai d'improviser un dernier mot. Je haussai la voix et j'ajoutai : « Et surtout : Alléluia ! » Les maigres applaudissements s'éteignirent aussitôt et je pus presque sentir physiquement l'onde de malaise qui traversa la salle. C'est à ce moment que le photographe surgit pour me prendre en photo. Son flash éclata tout près de moi et il dit à voix haute, amusé : « Alors là, le témoin qui dézingue le discours du père... Bravo ! Ha, ha, j'avais jamais vu ça ! » Je m'assis, tous mes membres tendus par l'embarras, et ce qui devait arriver arriva. Sans même se tourner vers moi, Philippine dit : « C'était bizarre ton discours. »

26

La suite de la soirée fut comme une longue agonie. Mon discours incompris avait fait de moi un paria, j'étais la seule fausse note de cette fête parfaite. À tel point que, de peur d'être contaminée, Philippine avait décidé d'aller prendre le dessert à une autre table. La soirée dansante fut spécialement pénible, avec ses chansons reprises en chœur, ses danses avinées, son euphorie joyeuse. Il fallait se trémousser, faire semblant de s'amuser alors que Philippine n'était plus jamais dans mon périmètre immédiat. De toute évidence, je n'avais plus aucune chance. L'apogée cataclysmique de la soirée fut ce moment où j'entendis qu'elle était partie avec le photographe. Quelques heures plus tôt, ses yeux brillaient pour moi et l'embryon d'un petit couple prenait forme. Maintenant, elle s'offrait à cet ignoble bonhomme qui allait frotter ses tatouages grossiers contre ses courbes parfaites et certainement la faire jouir en râlant comme une bête.

Entre les deux, il y avait eu ce discours dont je ne rougissais d'aucun mot, mais qui était mal tombé après celui du père de Grégoire. Je n'étais qu'un tout petit apôtre et j'avais voulu me mesurer à Dieu. Quel crétin, quel abruti, et surtout quel échec... Le jour commençait à se lever, il devait être 5 heures environ, quelques danseurs occupaient encore la piste, mais je m'étais éloigné, échappé. En traversant la grande salle du dîner, je passai devant l'emplacement précis où j'avais accompli mon naufrage micro en main. Il y avait du désordre sur toutes les tables, des serviettes en boule, des verres renversés, des morceaux de pain sec et des desserts écrabouillés... Comme à chaque instant de mélancolie, je ressentais l'envie, comme une pulsion, d'écouter les chansons du groupe le plus triste du monde, de me recroqueviller dans le souvenir de ces moments d'adolescence. Les portes des cuisines étaient ouvertes et j'aperçus une télévision allumée. Il y avait un commis en tenue blanche, qui organisait le tri des cadavres de la soirée : les bouteilles vides dans un coin, les restes en tout genre à la poubelle. C'était un très jeune homme, avec une moustache duveteuse et une silhouette malingre, il travaillait avec concentration. Voyant que j'étais intéressé par l'écran, il me devança et c'est sans un mot qu'il me tendit la télécommande, comme pour nous éviter le moindre contact verbal. Je montai le son et m'assis sur un gros coffre réfrigérant, mes fesses posées exactement au niveau de la résistance, ce qui me procura une sensation de chaleur agréable. D'après leur ton, les présentateurs semblaient fatigués, exténués, comme après une bataille dont l'issue venait à peine de se dénouer. Et c'était précisément le cas. Pendant la nuit, les forces spéciales avaient intensifié leur assaut, profitant de l'état de fatigue supposé du terroriste. Après les longues heures d'un siège qui ne lui avait laissé aucune chance de sommeil. Mais celui-ci avait jeté ses dernières forces dans le face-à-face, avec une furie qui avait surpris. Personne n'avait imaginé toutes ces munitions qu'il avait pu amasser. Et, par l'un de ses tirs aveugles depuis la fenêtre de son appartement, il avait tué un policier. La riposte des forces de l'ordre avait été terrible et c'est dans un énorme fracas de balles et de grenades que l'assaillant était mort, un peu avant 2 heures du matin. Le siège avait duré plus de vingt-quatre heures et sur l'écran de la télévision s'affichait maintenant une photo du terroriste abattu. Un visage apaisé. Sûrement un portrait d'identité communiqué par un proche de la famille, peut-être même vendu à prix d'or. Il était jeune et très souriant sur la photo, probablement heureux à l'instant du cliché, ce qui créait un décalage cruel entre son visage et les faits dont il était responsable. Il avait tué des enfants, un policier. Mais sur l'écran, la seule image disponible était celle de ce jeune type, qui ne se doutait pas qu'un jour le pays tout entier assisterait à son exécution en direct à la télévision. On ressentait une forme de pitié inappropriée, un peu honteuse...

Grégoire m'avait rejoint dans la cuisine. Il était monté sur le coffre réfrigérant et s'était assis à côté de moi. Mon ami avait de l'allure, la cravate dénouée, la chemise entrouverte, le visage cireux de celui qui vient de vivre une journée pleine d'émotions. Nous regardions la télévision depuis une longue minute quand il dit, d'une voix fatiguée : « Ils l'ont donc buté. » Puis, il avait ajouté : « Dommage qu'ils aient perdu un homme... Ça entache quand même le bilan de l'opération. Il fallait le buter plus tôt, ne pas faire de détail... Ils ont trop traîné... » Même assez ivre, même la nuit de son mariage, Grégoire restait dans sa bulle, dans ce monde dans lequel il se voyait déjà prendre les plus lourdes des décisions. Le commis continuait sa besogne, il rangeait des dizaines de verres sales dans des boîtes en polystyrène, toujours indifférent à la télévision et à notre discussion.

Puis Grégoire changea de sujet : « Merci pour ton discours. Ne t'inquiète pas, je crois que j'ai compris ce que tu voulais dire. » Je ne répondis rien parce que je ne voulais plus y penser, je voulais oublier ce moment, rester là, inconscient, spectateur de tout mais touché par rien. Hypnotisé par l'écran sur lequel on voyait maintenant les camions des forces spéciales qui quittaient la zone, au ralenti, sans la moindre urgence, laissant derrière eux la dépouille déchiquetée du salopard. Le feuilleton était terminé. « Putain, j'ai froid aux fesses. Allez, on y va mon pote... », avait dit le jeune marié.

27

Il fallait maintenant que je baise. C'était aussi simple et violent que ça. L'énorme déconvenue du mariage m'avait atteint en plein cœur, parce que j'avais cru à l'éventualité d'un amour avec Philippine. J'y avais tellement cru que, pendant plusieurs jours, j'imaginai des stratagèmes pour entrer à nouveau en contact avec elle, je me procurai son numéro de téléphone, je réfléchis à une manière de l'inviter à boire un verre, lui faire oublier le mariage et le photographe. Dans un effort bien humain de normalisation de cette horrible soirée, j'essayai de me convaincre que mon discours n'était pas si terrible, qu'elle l'avait déjà oublié et qu'elle aurait envie de reprendre la discussion initiée avec ce journaliste génial pour lequel je m'étais habilement fait passer. Et puis, quelques jours plus tard, je passai subitement à autre chose. L'objet de mes fantasmes changea quand je rencontrai Malvina au bureau. C'était une jeune femme de mon âge, brune, un peu bizarre. Elle était chargée de corriger les articles, les mettre en forme, s'assurer qu'ils ne comportaient aucune erreur ou faute d'orthographe. On appelait ça une «secrétaire de rédaction». Étienne m'avait présenté à Malvina lors d'une de nos rituelles pauses clopes. C'était une jolie fille, avec des lèvres pleines, un visage rond, des yeux verts, des courbes harmonieuses. Mais il y avait aussi quelque chose d'étrange en elle, dans sa manière de s'exprimer : elle parlait d'un ton monocorde, articulait mal, gâchait des mots. Et puis son attitude : Malvina avait toujours la tête un peu rentrée dans les épaules, comme si elle avait honte d'elle-même, comme si elle voulait planquer sa tête à l'intérieur de son corps. Autre paradoxe : sa bouche, naturellement belle, était gardée par un morceau de métal, un piercing pointu accroché à sa lèvre inférieure. Bref, on se demandait toujours si Malvina était belle ou sexy, ou les deux, ou aucun des deux. Étienne, lui, ne semblait pas se poser de questions. Chaque fois qu'elle nous accompagnait, il était pris de mouvements nerveux qui dénonçaient son désir. Et un jour, il me confia dans l'ascenseur : «Putain, mais qu'est-ce qu'elle est bonne.» Je décrétai pour ma part que Malvina était suffisamment sexy pour que je tente de la séduire. L'empreinte de Philippine s'estompa donc au bénéfice d'une jeune femme plus accessible, qui était «dans mes cordes» comme on dit. Je culpabilisai légèrement à l'idée d'entrer en concurrence avec Étienne, parce que je devinais aussi ma supériorité, bientôt totale, sur lui dans le rapport de séduction. Mais c'est pourtant sans scrupule et à peine avec un peu d'appréhension que j'invitai Malvina à boire un verre après le travail. Nous n'avions pas grand-chose à nous dire, mais il y avait du désir entre les mots. Et même si rien ne le prouvait dans notre conversation, nous étions attirés l'un vers l'autre. Je proposai de la raccompagner jusqu'à chez elle, ce qu'elle accepta sans joie particulière. Comme un passage obligé, nous nous sommes embrassés devant la porte cochère de son immeuble. Alors que je manquais de m'abîmer la langue sur son piercing, je sentis comme une onde parcourant son corps. Elle me dit, haletante, à l'oreille : « Ta bouche ne me suffira pas. » Elle s'était comme réveillée, électrisée d'un coup. J'étais surpris, voire paniqué, par le sous-entendu sexuel assez évident. Il était bien trop tard pour faire autre chose que me laisser emporter. Dans une espèce de transe, nous avions quasiment rampé jusqu'à sa chambre de bonne, glissant nos mains à l'intérieur des vêtements de l'un puis de l'autre. Très vite, les draps furent défaits, nos paires de chaussures éparpillées et je découvris, fasciné, plusieurs nouveaux piercings dispersés sur son corps. Tantôt lascive et douce, tantôt brute et sauvage, elle était binaire dans le sexe : dans la même minute, nous faisions l'amour doucement, puis elle prenait le dessus, plantait ses ongles dans ma nuque, et gémissait « Baise-moi. Je suis ta chienne ! » Je faisais de mon mieux pour être à la hauteur, sans trop savoir si je me déchaînais dans le bon sens. Malvina m'écrasait le pelvis, hurlait parfois, cachait ma tête dans ses cheveux qui devenaient humides aussi. Une belle lumière de début de nuit mettait en valeur ses seins qui rebondissaient à chaque mouvement. Puis Malvina avait rugi une dernière fois, elle s'était cabrée sur mon extrémité, et mes tympans avaient explosé en même temps qu'elle parvenait à une jouissance, ce que je découvrais, émerveillé, pour la toute première fois. Juste après l'amour, les fesses luisantes de sueur, Malvina s'était levée, comme si de rien n'était. Elle avait enfilé un T-shirt, lancé une musique triste, puis elle s'était prostrée dans un coin de sa chambre, rêveuse, en fumant une cigarette. Moi je soignais mes blessures dans les draps encore chauds... Après un certain temps, je constatai que Malvina ne bougeait plus, qu'elle ne bougerait plus en ma présence. Je me rhabillai, sans un seul regard de sa part. J'avais perdu une chaussette dans l'étreinte, mais je n'insistai pas pour la retrouver. Je murmurai « Salut », avant de quitter la chambre, encore un peu ravi d'avoir fait jouir ma partenaire, perplexe face à son mutisme. Le lendemain, un peu après le réveil, je reçus un message de Malvina sur mon téléphone portable : «Hier soir, c'était nul.»

28

—

L'élection présidentielle avait connu son dénouement. En quelques semaines, Muriel Faljera avait été balayée par Éric Marteleau, qui était élu président de la République. Maurice Chalençon n'arrivait qu'en quatrième position, derrière le candidat de l'Alliance nationale, un vieil homme qui présentait sa candidature lors de chaque scrutin présidentiel et dont les positions étaient celles de l'extrême droite nationaliste. L'attentat avait pesé dans les derniers instants de la campagne : Marteleau s'était montré solennel, mesuré dans son expression, rassurant, tandis que la confiance de l'opinion publique échappait à Muriel Faljera, jugée moins apte à résister aux tempêtes du terrorisme. Au journal, on se réjouissait de l'élection de Marteleau, car le pays en finissait ainsi avec une longue lignée de présidents apparatchiks. Le nouvel élu n'avait jamais été député, il n'avait jamais vécu des salaires de l'action publique. Il renouvelait un peu le genre et on s'amuserait certainement à analyser son mandat. Romuald Michon continuait d'être omniprésent sur les plateaux de télévision, il signait des tribunes en rafales et, quelques jours à peine après l'élection, il publiait déjà un livre qui racontait l'intégralité du feuilleton de la campagne. Michon, c'était une petite entreprise qui occupait l'espace et qui donnait son avis sur tout, pour le plus grand plaisir de la rédaction en chef du journal qui avait trouvé en lui une tête de gondole à la puissance inégalée. Romuald travaillait avec trois stagiaires, des filles appliquées, à l'allure en général austère, étudiantes en lettres ou en sciences politiques, qui rédigeaient des fiches à cadence soutenue pour leur maître. D'après Étienne, Michon couchait tôt ou tard avec toutes ses stagiaires. Des rumeurs couraient sur son activité sexuelle frénétique, sans que l'on sache si elles étaient avérées ou s'il s'agissait seulement de supputations basées sur son activité professionnelle boulimique. Michon bossait beaucoup, donc il baisait forcément beaucoup. Dans l'esprit de certains, il y avait une corrélation. Étienne était formel : « Très grosse bite, le Michon. »

Un jour, à la machine à café, je me trouvai nez à nez, non pas avec la grosse bite de Michon, mais avec son seul maître, Romuald. Je ne lui avais pas adressé la parole depuis le déjeuner qui avait précédé l'attentat, alors je dis un truc très commun du genre : « C'était quand même une élection incroyable ! Marteleau, personne n'y croyait, mais vous l'aviez prédit... » Michon avait d'abord ri, tout en sélectionnant un café court sucré. « Tu sais, c'est comme ça pour toutes les élections présidentielles. Le vainqueur est toujours celui qui bénéficie de l'effet de surprise, celui qui a le moins négligé le facteur chance... Après, tu verras, tout finit par revenir à la normale. Il y a cette citation qui dit : l'orage va bientôt passer et le fleuve rentrera dans son lit. » Son gobelet brûlant en main, il fila ensuite vers son petit harem de stagiaires. De retour à ma place, je tentai de trouver l'origine de cette citation qu'il avait évoquée. Dans un moteur de recherche, j'essayai plusieurs combinaisons « Fleuve + orage + élection » ou encore « Lit + fleuve + présidentielle ».

Résultat, j'apprenais l'existence de l'hydrologie, la science qui s'intéresse aux cycles de l'eau, mais ça n'avait aucun rapport avec la politique. C'est finalement en ajoutant le mot «citation» à la ribambelle de mots de ma recherche que je trouvai un passage écrit par Alexis de Tocqueville au XIXe siècle : «À mesure que l'élection approche, les intrigues deviennent plus actives, l'agitation plus vive et plus répandue. Les citoyens se divisent en plusieurs camps, la nation entière tombe dans un état fébrile. Aussitôt, il est vrai, que la fortune a prononcé, cette ardeur se dissipe, tout se calme, et le fleuve, un moment débordé, rentre paisiblement dans son lit. Mais ne doit-on pas s'étonner que l'orage ait pu naître?» C'était un assez bon résumé de ce qui venait de se produire dans le pays. De l'hydrologie appliquée à la politique : Michon et Tocqueville étaient très forts.

Contrairement à ce que l'on aurait pu imaginer à l'issue de nos premiers ébats, Malvina et moi continuions de faire l'amour assez fréquemment. De temps à autre, elle surgissait et me proposait une activité prétexte —un verre dans un bar, un film au cinéma, une exposition— qui s'enchaînait sur une relation sexuelle dans sa chambre de bonne. Les yeux fermés, le visage noyé dans ses cheveux noirs, dans la même position, elle me dominait, se cabrait et se laissait aller, son corps tout entier explosant d'une énergie qui ne servait à rien, mais qui faisait du bien, un bien vraiment fou. Je jouissais moi aussi la plupart du temps, mais son plaisir, tellement plus spectaculaire, rendait le mien presque timide. Malvina glissait ensuite vers une extrémité de la pièce, me laissant seul, gisant dans les draps imbibés des fluides de notre étreinte. Surtout, un peu comme après notre première fois et son message lapidaire, à chaque orgasme correspondait une brimade. Malvina prenait plaisir à m'humilier de plein de façons possibles, notamment au travail. Un jour, elle m'apostropha alors que nous étions réunis avec plusieurs collègues en bas de l'immeuble du bureau. J'avais pris la parole pour me plaindre d'un chef et Malvina avait répliqué, avec une forme d'agressivité : «En même temps, tu devrais déjà être content d'être là. Parce qu'on sait ce qui te vaut ton boulot, toi : un caillou sur la tête. Tu es la caution estropiée de la rédaction...» La plupart des collègues présents avaient ricané. Malvina me regardait fixement, heureuse de m'avoir transpercé de cette blague méchante dont elle dégustait l'effet, perverse, un sourire aux lèvres. Le soir même, j'étais à nouveau dans sa chambre et son corps se déchaînait sur le mien. Le lendemain, elle glissait volontairement une coquille dans une de mes colonnes de brèves, ce qui me valait des réprimandes de Frédéric. Malvina commençait à me faire peur. Elle me haïssait en public, tentait de me nuire autant que possible, et pourtant elle m'appelait de plus en plus souvent, jouissait à chaque fois un peu plus fort. Moi je ne résistais jamais à la possibilité d'être témoin de son plaisir. Mais ça ne suffisait pas. J'aurais aimé qu'un peu d'amour accompagne la fureur de notre entente charnelle, j'aurais aimé lui offrir un bouquet de fleurs, l'inviter à dîner, partager un peu de vie avec elle. Et ensuite, pourquoi pas, comme un aboutissement, la faire jouir telle une bête sauvage. Pour l'instant, tomber amoureux de Malvina n'était pas du domaine du possible.

29

Cette année, l'hiver avait bousculé un mois d'octobre encore tiède, surprenant son monde avec ses obligations : allumer les radiateurs, retrouver les écharpes et les pulls épais qui sentent la poussière des fonds de tiroir où ils ont passé plusieurs mois. C'était un hiver sans éclat, sans journées de froid sec où les températures glaciales brûlent le bout des oreilles et engourdissent les doigts de pied. C'était au contraire un hiver humide et sombre, une mousson gelée tombait chaque jour sur la ville, les pavés étaient luisants et trempés, comme sur les tableaux de Caillebotte. Mais l'éventuelle beauté qu'on pouvait trouver à la ville mouillée était gâchée par des amas de feuilles mortes en décomposition, un humus qui ne fertilisait rien et qui formait une boue glissante et dangereuse pour les véhicules. Les passants, eux, filaient, rasant les murs en serrant fort contre eux des parapluies dont les baleines s'entrechoquaient parfois avec leurs adversaires de trottoir.

Un de ces soirs de pluie, j'avais été invité à dîner chez Grégoire et Caroline. Ils vivaient aujourd'hui dans un appartement avec du parquet, de beaux volumes, des moulures au plafond, un bouquet de fleurs fraîches dans un vase posé sur un buffet. C'était un vrai dîner d'adultes, le parfum d'une bougie se mélangeait à l'odeur des fourneaux, une bouteille avait été sélectionnée avec soin, une musique jouée à faible volume baignait l'ensemble. On était loin des fêtes de notre adolescence et du carrelage collant des boîtes de nuit espagnoles. Grégoire dressait la table, ses souliers vernis sonnaient sur le bois du sol. En cuisine, Caroline racontait les derniers soubresauts de son actualité professionnelle : elle avait été récemment promue à un poste de direction dans l'entreprise d'aéronautique qui l'employait. Après avoir fait des merveilles dans l'optimisation des coûts de production des avions, on lui demandait désormais d'appliquer les mêmes méthodes à tous les effectifs de la société. Il s'agissait de traquer les dépenses, d'imaginer des possibilités d'économie, partout, puis de convaincre les équipes de faire autant avec moins. Cela demandait beaucoup de diplomatie, de puissance de persuasion. Pour cette tâche, Caroline avait le profil idéal : on avait instinctivement confiance en elle, on se laissait guider par son talent. Comme preuve de sa réussite, les médias commençaient à s'intéresser à elle. Des portraits lui étaient consacrés, elle apparaissait dans les listes des managers du futur publiées dans les magazines. Caroline avait sa petite photo parmi eux : un portrait, sérieuse, les cheveux attachés, un col roulé en cachemire. L'intitulé de son nouveau poste était à la fois grandiloquent et pudique : elle était «directrice générale adjointe, chargée de la conformité». Mais derrière le mot «conformité», c'est une image qui venait à l'esprit : celle d'un citron que Caroline devait presser très fort. En découvrant sa nouvelle mission, elle avait constaté que son prédécesseur appliquait des méthodes déjà très agressives : il avait par exemple instauré un système grâce auquel il ne payait que deux tiers des factures dues à ses petits prestataires. Tout résidait dans une stratégie d'intimidation : il comptait sur la faiblesse des fournisseurs, qui n'oseraient pas réclamer leur dû, par crainte de perdre un client important, parfois leur seul client. Mieux valait gagner moins que rien du tout. Les registres témoignaient de l'efficacité de cette méthode : les fournisseurs renonçaient la plupart du temps, et quand ils demandaient et finissaient par obtenir le paiement, après plusieurs mois de combat, l'avionneur s'en sortait au final avec un effet de trésorerie positif. On demandait à Caroline de faire encore mieux que ça, de trouver de nouvelles marges, dans tous les services. Mais elle n'était pas inquiète et elle regardait la situation avec un œil purement technique, comme quand elle travaillait au milieu des robots sur les lignes de montage d'automobiles. Pour bien occuper son nouveau poste, Caroline allait observer, consulter, analyser, digérer des colonnes et des colonnes de chiffres. Puis des décisions seraient prises, les ressources humaines de l'entreprise seraient malaxées différemment, l'organisation du travail prendrait une nouvelle forme. C'était quand même un travail de salopard dont elle avait hérité, mais on pouvait espérer que Caroline en ferait quelque chose de moins ignoble.

Grégoire racontait à son tour comment il venait d'intégrer l'un des grands corps de l'État : le Conseil de la Nation. L'une des juridictions gardiennes de la Constitution et qui avait, d'après les textes, pour rôle de conseiller les gouvernements, veiller au respect des lois et de leurs principes. Dans les faits, c'était une institution à laquelle on avait rarement fait appel dans l'époque récente, où prospéraient d'anciens ministres qui terminaient leur existence en se goinfrant de la rente publique. Mais, de manière plus vertueuse, le Conseil de la Nation était aussi une pépinière de jeunes hauts fonctionnaires, dont la plupart étaient issus comme Grégoire de l'École nationale. Depuis quelques semaines, mon meilleur ami participait donc à l'administration du pays. C'était un motif de fierté. J'y songeais en patientant à table pendant que Caroline sortait du four un rôti de bœuf fumant. Je rigolais intérieurement de mon destin comparé au leur, je m'amusais de mes baskets sales sur leur parquet lustré, je ricanais d'être ce journaliste médiocre, heureux d'être baladé sexuellement par une collègue nuisible, très loin d'administrer quoi que ce soit. Nos routes divergeaient depuis un moment, mais cet écart en devenait presque comique.

À table, le vin avait détendu nos rapports, la discussion s'était assouplie, éloignée du récit de nos ambitions. La pluie continuait de tomber dehors, bruyante sur les rebords des fenêtres et sur le zinc des toits. On était bien ensemble, au chaud, à l'abri, ivres et repus. Grégoire s'amusait à raconter nos mille souvenirs de copains, et son épouse assistait au récit de ces aventures, fascinée et heureuse de ces liens qui nous unissaient mais qui la tenaient pourtant à distance. «Tu te souviens des guimauves?», m'avait interpelé Grégoire. Caroline tournait un regard avide vers moi, comme si j'allais proposer un deal de photocopieurs à bas prix. «Oh mais oui! On avait organisé un cambriolage de guimauves et la maîtresse nous avait coincés...», avais-je répondu alors que le souvenir entrait en éruption dans ma mémoire, avec ses images, ses sons et ses odeurs... C'était l'accident qui nous avait réunis, le moment où nous nous étions regardés comme des frères. Nous rigolions bruyamment, assez soûls. Caroline avait les lèvres violacées par le vin, elle nous contemplait avec de l'amour dans les yeux. Une fraction de seconde, j'envisageai la possibilité d'un plan à trois avec mon meilleur ami et sa merveilleuse épouse, puis l'horrible tabou se dressa au-devant de mon fantasme et j'en effaçai aussitôt l'idée. La conversation s'était tarie, nous avions débarrassé la table et rangé les assiettes dans le lave-vaisselle. Dans l'évier, la graisse du rôti tournait lentement autour d'un bout de ficelle.

30

Il y avait eu des évolutions importantes au journal. La campagne présidentielle avait porté les ventes mais, «le fleuve ayant retrouvé son lit», le chiffre d'affaires fléchissait depuis plusieurs mois. L'actionnaire avait imposé des coupes budgétaires. Au «Service étranger», il fallait se séparer d'un journaliste : Adrien ne pouvait être concerné, il était protégé par sa notoriété et son statut de grand reporter. J'étais pour ma part docile, sérieux, et j'avais un si petit salaire que mon licenciement présentait peu d'intérêt. C'est Marlène qui était dans le viseur : elle avait bientôt dix ans d'ancienneté, une tendance à se plaindre de tout, tout le temps, qui agaçait les chefs. Un jour, Étienne me confia qu'il avait été appelé dans le bureau de Richard de Commarque pour configurer un nouveau logiciel de traitement de texte quand il avait aperçu le nom de Marlène dans une liste griffonnée sur un bloc-notes. Parmi les noms qui l'accompagnaient, il y avait celui de Martin Voléry, un vieux secrétaire de rédaction alcoolique et acariâtre, dont on devinait que la direction se débarrasserait dès que possible. Mieux valait ne jamais figurer dans une liste avec Martin Voléry.

Une autre mutation importante était en cours dans la rédaction. L'élection présidentielle avait permis de tirer un enseignement : l'information se consommait de plus en plus sur le site internet du journal. Une équipe se construisait donc autour d'un nouveau rédacteur en chef. Il s'appelait Luc, et jusqu'ici était chargé d'une demi-page consacrée aux nouvelles technologies, aux innovations, aux gadgets. C'était un homme de corpulence normale, un crâne rasé et des yeux sombres. Il aurait pu être beau s'il avait eu un peu de classe et d'élégance, ou au moins l'une des deux qualités. Mais Luc prenait peu soin de lui, il portait un invariable pull gris, un jean et des chaussures en cuir à tige montante, qu'il remplaçait quand elles devenaient vraiment trop usées, par un modèle strictement identique, mais neuf. L'essentiel du travail de Luc consistait à contacter des marques, à se faire livrer de nouveaux produits, puis à mettre en mots des fiches techniques, un savoir-faire que personne n'enviait. Dans une indifférence quasi totale, Luc avait néanmoins beaucoup contribué à l'amélioration du site internet du journal : il avait par exemple mis en place des modules permettant de suivre les rebondissements de la campagne en direct, *via* des petites fenêtres régulièrement alimentées par les dernières déclarations des différents candidats. Quand l'attentat contre l'école juive était survenu, Luc avait appliqué les mêmes techniques pour faire vivre aux lecteurs le déroulé des événements, minute par minute, et les audiences du site avaient fait un bond gigantesque. Le lendemain du dénouement et de l'opération policière contre le terroriste, Luc avait été convoqué dans le bureau boisé de Richard de Commarque. Quelque temps plus tard, nous apprenions qu'une promotion lui avait été signifiée : il devenait rédacteur en chef adjoint, chargé des activités digitales. C'était un sacré coup de théâtre, à quelques jours de l'annonce du plan de restructuration de la rédaction.

Autre surprise, franchement désagréable celle-ci. Je constatais que Malvina n'avait plus besoin de moi pour jouir, et que mes colonnes de brèves étaient laissées saines et sauves. Dans un premier temps, je n'y avais même pas cru quand j'avais vu Romuald Michon quitter le bureau juste après Malvina en fin de journée. Je n'y avais toujours pas cru quand Étienne m'avait raconté qu'il les avait surpris tous les deux enfermés dans une salle de réunion, les persiennes baissées. Aussi incroyable que cela puisse paraître, j'attendais encore que Malvina glisse un mot malveillant sur moi dans une conversation, je surveillais toujours mon téléphone, dans l'attente qu'elle me convoque dans sa chambre de bonne, je m'y tenais prêt. Et puis l'évidence brutale : un vendredi soir au bureau, un pot était organisé pour un anniversaire quelconque avec du champagne éventé et des chips goût paprika. Romuald et Malvina s'étaient rapprochés, puis ils s'étaient embrassés dans le cou, à peine cachés, dans un renfoncement de l'open space. Ça n'était pas un drame, c'était dans l'ordre des choses. Je perdais une partenaire sexuelle, même pas une amoureuse, mais je garderais longtemps la nostalgie de son intérieur enfumé, du velux sur lequel venait se coller la buée de nos efforts.

Comme attendu, Marlène avait été poussée vers la sortie. Le montant d'une indemnité fut négocié pendant plusieurs jours avec la direction, puis elle vida les tiroirs de son bureau, remplit un carton et fit ses adieux sans cérémonie. Marlène était une jeune femme au fort caractère, elle s'attendait à partir depuis plusieurs semaines, mais elle était touchée au moment de nous quitter, et cela s'était vu. Au « Service étranger », chacun se disait intérieurement que c'était dur la vie professionnelle : on se côtoyait tous les jours, on passait plus de temps avec ses collègues qu'avec son conjoint ou ses enfants, on connaissait toutes les manies de nos voisins de bureau, les nez curés, les tendances au bordel, les odeurs corporelles. Et puis soudain, l'un ou l'autre disparaissait. Mais on n'était pas particulièrement ému pour autant, on s'habituerait à son remplaçant. Marlène fit une tournée de bises polies avant d'attraper son carton et de monter dans un taxi. Elle était déjà oubliée.

Le lendemain de son départ, j'étais convoqué par Frédéric. Dans une salle de réunion impersonnelle, il m'annonça que j'étais moi aussi concerné par le plan de restructuration. Le journal tenait à moi, j'avais un profil «prometteur», et donc une solution de repli m'était proposée : je ne serais pas licencié à condition de rejoindre la nouvelle équipe de Luc. Je fus dans un premier temps surpris : à peine arrivé au journal et je pouvais déjà me faire virer ? Avais-je bien compris ? «En gros, soit je rejoins la rédaction du site internet, soit je...?» Frédéric était un bon chef. Il répondit en mettant dans le ton de ses mots toute l'empathie dont il était capable : «Soit tu t'en vas.»

31

La période était décidément propice aux rebondissements. Pas seulement pour moi, mais aussi pour Grégoire.
Quelques mois après son entrée dans la fonction publique
au Conseil national, il avait été contacté par un ministère. Le gouvernement de Marteleau était en rodage et les
ministres procédaient à des ajustements dans leurs équipes.
C'est ainsi que Grégoire s'était vu proposer un rendez-vous
avec le directeur de cabinet du ministre de la Justice. La
veille, sa soirée fut consacrée à la préparation méticuleuse
du rendez-vous, avec une simulation d'entretien animée par
Caroline puis le repassage d'un costume. Grégoire prétexta
un problème familial auprès de ses supérieurs au Conseil
national, et c'est plein d'aplomb qu'il se présenta aux offi-
ciers de sécurité qui gardaient le ministère de la Justice.
Le directeur de cabinet qui l'accueillit était un homme
immense et sec, son large costume gris semblait plein de
vide. Il glissa à pas de fauve sur les tapis de son bureau,
tout en indiquant un petit fauteuil couvert de velours. Après
avoir contourné une immense table sur laquelle étaient
posés un sous-main en cuir, un téléphone et des dossiers

multicolores, il s'installa, bien droit, et prit la parole, d'une voix très faible, presque en chuchotant : « Bien. Je vous souhaite la bienvenue dans l'institution. » Grégoire avait été repéré pendant la campagne et son expérience brillante en préfecture de région avait complété cette première bonne impression. « Le ministère a besoin de jeunes gens comme vous. » Puis, dans une économie de mots remarquable, le directeur de cabinet fit comprendre à Grégoire qu'il pourrait devenir son adjoint. C'était une offre ferme, seulement conditionnée à un entretien avec le ministre, un examen rapide des originaux de ses diplômes et une vérification de sa situation fiscale. Aucune question n'avait été posée à Grégoire quand les doigts du directeur de cabinet glissèrent sur les touches de son téléphone. Il dit, toujours d'une voix très faible, presque étouffée dans les hauteurs de son immense stature : « Est-il disponible ? », puis il raccrocha aussitôt. « Le ministre va vous recevoir. »

Une dizaine de minutes après son entrée au ministère, Grégoire pénétra dans un grand bureau d'angle, avec des meubles en marqueterie surplombés d'un grand lustre. Dehors la pluie continuait de tomber, un homme en costume se tenait debout devant une double-fenêtre et parlait à haute voix pendant qu'un assistant, plus jeune, prenait des notes à ses côtés. C'était l'image archétypale du ministre au travail, dictant un discours sous un plafond doré. L'homme se retourna. « Bienvenue dans l'institution », avait dit le ministre, d'une voix puissante, en fonçant vers Grégoire. C'était un bel homme, la cinquantaine, assez petit, vêtu d'un costume noir ajusté. À y voir de plus près, ses traits étaient marqués, ses dents abîmées, et l'atout essentiel de son visage résidait dans une chevelure superbe, domptée en une mèche ample et rabattue sur sa tempe droite. Ses cheveux faisaient pour beaucoup. Avec des golfes plus creusés et une tonsure de moine, le ministre n'aurait pas dégagé une telle vitalité. Ce qui marquait aussi, c'était sa voix, ni grave ni aiguë, mais forte, alimentée par un ton offensif. Quand il avait dit «Asseyez-vous» à Grégoire, il l'avait dit comme il aurait intimé «Fermez-la» à un subordonné insolent. Tout ce qu'il disait, le ministre le disait avec ce ton de vainqueur, qui ordonnait plus qu'il ne questionnait : «Bien. Qui êtes-vous?» Grégoire avait gardé son calme puis énoncé la multitude de ses réussites, ses études brillantes, son entrée au Conseil national. Le ministre écoutait, relançait, toujours avec la même vigueur. Chaque fois qu'il prenait la parole, son corps tout entier s'animait, il fermait un bouton de sa veste, puis le déboutonnait, posait un pied sur une table basse, faisait un grand geste ample devant lui. Grégoire l'observait avec toute la déférence qu'on lui avait appris à éprouver face au titulaire d'une fonction aussi prestigieuse. Mais au fond de lui, il ne pouvait s'empêcher de penser que l'attitude du ministre était empreinte d'une forme de vulgarité. «Et ta femme? Elle a l'air très forte ta femme. Parle-moi de ta femme», avait-il demandé ensuite, tout en jouant avec une balle de tennis attrapée sur le linteau d'une cheminée. Vexé par la question, Grégoire avait répondu en s'en tenant à la plus sobre réserve, en soulignant seulement l'admiration qu'il éprouvait pour son épouse. Le ministre s'était soudain avachi dans un canapé et avait décrété que l'entretien était terminé. «Amenez-moi le prochain rendez-vous», avait-il hurlé à l'attention du petit personnel que l'on devinait caché derrière un paravent. Au moment de le saluer, le ministre avait gardé longuement la main de Grégoire dans la sienne : «N'oubliez pas que votre parcours académique ne vaut rien. Il ne vaut rien tant que vous n'avez rien accompli, tant que vous n'avez pas échoué, tant que vous n'avez pas découvert la valeur du compromis. Bienvenue dans l'institution.» Grégoire sentait la paume du ministre serrée contre la sienne depuis de longues secondes, en un geste viril et presque intime, une étreinte manuelle qui, en se prolongeant, commençait à devenir presque sensuelle. Une fulgurance lui traversa alors l'esprit : il pensait à toutes les mains que cette main avait pu serrer, celle de Marteleau, celles des autres ministres du gouvernement, toutes ces mains qui avaient défilé dans la sienne pour arriver jusqu'à ce grand bureau d'angle. C'est dans cette intimité tactile que les hommes de pouvoir tissaient leurs liens. Dans le vestibule devant le bureau, le directeur de cabinet attendait Grégoire. Avec la délicatesse extrême qui le caractérisait, il le raccompagna vers la sortie, sans rien dire de plus qu'un « À bientôt » feutré.

J'étais maintenant un « journaliste digital », intégré à une petite équipe de jeunes rédacteurs recyclés des autres services. Je devais livrer plusieurs articles par jour, sur commande de mon rédacteur en chef, mais j'étais relativement libre quant au choix de mes angles. Il fallait aller vite, alors nous travaillions la plupart du temps à partir de dépêches que nous remettions en forme. On copiait-collait, on découpait, on reformatait, on changeait quelques mots. C'était plutôt amusant, stimulant, car j'étais amené à traiter tous types de sujets : un matin, j'écrivais sur une compétition sportive, l'après-midi je faisais le compte-rendu d'un déplacement de Marteleau à l'étranger. Mais il y avait un paramètre nouveau, propre à la rédaction internet, et dont je découvrais l'importance : les chiffres d'audience. En effet, le nombre de visites sur chacun de nos articles était enregistré en temps réel et agrégé à une base de données qui couvrait l'ensemble du site du journal. Luc avait donc accès à une multitude d'informations, avec un luxe de détails vertigineux : on pouvait identifier les mots-clés générateurs de trafic sur nos pages, savoir d'où venaient les internautes, sur quelles pages ils se dirigeaient, le temps moyen passé par les lecteurs sur chaque article, et surtout, leur «taux d'engagement», c'est-à-dire leur capacité à partager les liens de notre site. Cette dernière notion était essentielle, car c'est ainsi que l'on pouvait faire croître le flux de visites vers nos pages, et donc le nombre d'espaces publicitaires vendus et les revenus encaissés par le journal. Un jour, lors d'une réunion, c'est avec un air de triomphe que Luc avait décrypté ce que les dernières statistiques indiquaient : les articles les plus partagés du site n'étaient pas forcément ceux relatifs aux actualités traitées dans la version papier du journal. Par exemple, les versions digitales des reportages d'Adrien à l'étranger ou encore les tribunes de Romuald étaient assez peu consultées. En revanche, les chiffres de la dernière semaine montraient qu'une dépêche relatant la naissance récente d'un bébé panda dans un zoo avait battu tous les records de clics. Luc jubilait de cette victoire. C'était sa revanche sur les stars d'une rédaction qui le méprisaient depuis des années.

La direction du journal misait beaucoup sur notre équipe et nous bénéficiions d'égards que je n'avais jamais connus à l'époque où je travaillais au «Service étranger». Un colloque fut par exemple organisé dans le but d'optimiser notre travail et la croissance du site internet. Il s'agissait en fait de deux journées de réunions et d'ateliers visant à nous mobiliser et nous former. L'intitulé «colloque» dramatisait l'ensemble et engageait les participants au sérieux. D'ailleurs, à cette occasion, Richard de Commarque avait prononcé une brève allocution devant nous. C'était la première fois que je le voyais autrement qu'en coup de vent dans un couloir. Il était vêtu de belles étoffes, on sentait l'attention portée aux choix de ses vêtements. Debout dans la plus grande salle du bureau, il avait martelé que l'essor du site représentait un «enjeu d'avenir essentiel» pour le journal, que nous étions comme «des chercheurs dans un laboratoire». C'est nous qui allions imaginer la presse de demain, alors il nous encourageait à «produire de l'info pour le plus grand nombre», à nous «challenger tous les jours pour innover», à inventer de «nouvelles formes de narration». C'était quand même assez galvanisant d'entendre un tel discours, je me sentais vraiment motivé pour la première fois de ma fraîche carrière professionnelle. Nous avions ensuite reçu une formation d'une journée délivrée par un «consultant», un jeune homme, expert des nouveaux médias et qui, pour se présenter, avait fait valoir des états de service dans plusieurs universités américaines. L'essentiel de sa démonstration portait sur ce qu'il appelait «les ressorts de l'engagement», le *«commitment»* en anglais. Sa théorie reposait sur le hiatus suivant : il y avait l'information, au sens traditionnel du terme, hiérarchisée subjectivement par les journalistes, du sujet le plus important au plus anecdotique. D'après lui, cette grille de lecture était périmée, car elle n'encourageait pas le fameux *«commitment»*. Le public était progressivement devenu imperméable à l'information délivrée par les canaux classiques. Il fallait stimuler les *«users»*, piquer leur curiosité, les surprendre, les impliquer pour qu'ils s'engagent. Le consultant nous avait livré la clé magique : *«Commitment comes with emotion»*, «L'engagement naît avec l'émotion.» Pour toucher le lecteur, il fallait déclencher chez lui un sentiment : de l'empathie, de la colère, de la tendresse, peu importe. Il fallait activer ce ressort. «Vous pouvez toujours faire des résumés de Conseils des ministres. Très bien. C'est peut-être ça votre mission d'information, selon vous. Mais si vous voulez de la croissance pour votre site, soyez épidermique, réveillez vos lecteurs, choquez-les, émouvez-les. Ou mieux : donnez-leur matière à indignation.» Luc écoutait les yeux brillants. Pour conclure, le consultant nous avait livré ce qu'il appelait sa «boîte à outils». «Je vais être brut, *straight to the point...* Vous voulez du clic? Alors écrivez sur les injustices, les inégalités, sur des trucs sur lesquels on est tous d'accord : les minorités discriminées, les espèces en voie de disparition... Pas besoin de prendre de risques, ces recettes sont simples. Il suffit de les appliquer.»

Après ce colloque, Luc nous avait chargés de faire l'inventaire des sujets regroupés dans les rubriques «insolites» des différentes agences de presse à notre disposition. Rapidement, nous avions identifié trois histoires qui avaient un potentiel viral, si l'on s'en tenait aux critères énumérés par le consultant : d'abord, un chien qui avait retrouvé son maître deux ans après s'être perdu dans une région montagneuse du Chili. Ensuite, l'histoire d'un transexuel en Inde qui avait fait fortune en lançant une ligne de produits cosmétiques, et qui venait de racheter l'entreprise qui l'avait licencié abusivement à l'époque où il était encore un travesti. Et enfin, un fait divers en Australie où un enfant avait échappé de peu à une attaque de requin, le tout filmé grâce à une caméra fixée sur sa combinaison. Nous avions mis en ligne les trois histoires en début de soirée, juste avant de quitter le bureau. Le lendemain matin, à notre retour, les résultats étaient spectaculaires. L'article sur l'attaque de requin se classait loin devant tous les autres contenus que nous avions produits dans la semaine. L'histoire, au demeurant touchante, du transexuel enregistrait aussi un très beau score, bien au-dessus de la moyenne. Tandis que les retrouvailles du chien chilien et de son maître battaient très largement le récit d'une tentative ratée de coup d'État dans un pays africain. Pendant quelques jours, une dizaine d'histoires furent sélectionnées avec le même radar : un prêtre catholique qui révélait son homosexualité en pleine messe, une vidéo détaillant les terribles conditions de vie de petits lapins élevés pour leur fourrure, ou encore une compétition de natation remportée par un jeune homme amputé de ses quatre membres. Les chiffres étaient chaque fois fantastiques, les commentaires pleuvaient sous chacun de ces articles, des discussions se créaient, et les internautes revenaient régulièrement sur les pages, le nombre de clics augmentait, ainsi que les revenus publicitaires. Luc passait des journées entières à scruter ces chiffres d'audience, à nous tenir au courant de l'évolution des moindres paramètres. Un jour, il hurla sans crier gare : «410 000 visites! Le site vient de battre la diffusion papier du journal! C'est énorme!» Il ne parlait plus qu'en statistiques, jugeant la qualité du moindre article au nombre de clics engrangés. «Ton papier sur le dauphin qui a la lèpre n'a fait que 2 000... On va y aller mollo sur les poissons pendant un temps...» Notre récompense, c'étaient les messages de félicitations que nous recevions de la part de Richard de Commarque : «Bravo à tous pour le travail accompli et pour votre capacité à convertir un public toujours plus large à notre offre d'information.» Mais ces bons résultats qui plaisaient tant à la direction exaspéraient en revanche le reste de la rédaction qui dénonçait la hiérarchie de l'information «dégénérée» que nous appliquions. Adrien était particulièrement agacé. On lui avait refusé un départ pour couvrir le coup d'État africain. Les massacres à la machette, c'était pourtant son truc. Mais il se murmurait que les mauvais chiffres des articles traitant de cette actualité sur le site avaient emporté la décision du rédacteur en chef : Adrien resterait à la maison, on traiterait aussi bien le coup d'État en bricolant avec des dépêches.

Néanmoins, la rédaction allait obtenir sa revanche. En effet, depuis plusieurs jours avaient lieu des agressions par arme blanche dans le pays. Une jeune femme égorgée dans le souterrain d'une gare. Un barman attaqué au couteau alors qu'il rentrait chez lui après le service. Jusqu'ici, il ne s'agissait que de faits divers, traités comme tels dans le journal, en quelques mots dans un coin de page. Mais grâce à ses réseaux, Romuald Michon avait mis la main sur une note confidentielle des services de police qui stipulait que cette série d'agressions avait un seul et unique auteur : un jeune homme qui avait hurlé, sur chaque scène de crime, des revendications religieuses alors qu'il poignardait ses victimes. Pire, un lien familial semblait être établi entre lui et l'auteur de l'attentat de l'école juive. L'homme avait été identifié, mais son profil pas encore rendu public, car les services de police souhaitaient se garder l'avantage de la surprise dans la traque en cours. De plus, cette histoire risquait de raviver chez les citoyens le traumatisme du dernier attentat. L'affaire était donc traitée avec précaution en haut lieu. Mais, malgré diverses tentatives d'obstruction des services de police et des ministères concernés, l'information recueillie par Romuald fut publiée dans le journal, puis relayée abondamment sur le site internet. Le retentissement était énorme et le président Marteleau fut même contraint à une réaction officielle, dans laquelle il reportait la responsabilité de l'arrestation sur le ministre de l'Intérieur. Par ailleurs, l'article finit par dépasser le record historique du nombre de vues sur le site qui était encore jusqu'ici détenu par la vidéo du requin. Luc était hors de lui. Le scoop de Michon avait supplanté nos techniques de sélection de l'information, et ça, il ne le supportait pas. Les journées suivantes furent très pénibles à la rédaction digitale, tant Luc tentait par tous les moyens de faire remonter la courbe des visites enregistrées sur nos productions. Un soir, alors que l'attention était toujours focalisée sur le portrait-robot du terroriste en fuite, nous avions entendu le choc d'une main qui s'écrase sur un clavier d'ordinateur et Luc hurlant : « Trouvez-moi une putain d'histoire de requin, bordel ! »

32

De longues années après notre périple espagnol, Douglas se trouvait dans notre ville pour un week-end. Il avait tenu à nous emmener dans un restaurant des beaux quartiers, un établissement gigantesque, installé sur l'une des plus belles avenues de la ville. À l'entrée, des hôtesses superbes collectaient nos manteaux, puis nous étions invités à descendre un escalier qui atterrissait au centre d'une immense pièce de réception où des tables rondes étaient dressées. Il y avait une musique électronique lente et monotone en bruit de fond, comme le souffle du vent mélangé au bruit des vagues lasses quand on est au bord d'une mer calme. Des serveurs apprêtés circulaient à vive allure entre les tables autour desquelles on entendait parler russe ou encore les langues des émirs du Golfe. On pouvait observer la clientèle du restaurant et tirer quelques généralités : les hommes avaient un embonpoint certain, ils étaient souvent accompagnés de jeunes sylphides, l'intensité de leurs conversations était faible, mais tous mangeaient avec appétit. On était dans un lieu de pouvoir. Et le montant de l'addition garantissait aux riches clients le sentiment d'être «entre eux».

Douglas, comme Grégoire, était venu lesté des succès emmagasinés depuis notre dernière rencontre en Andalousie. Il avait repris l'entreprise d'architecture de son père et l'avait transformée, accélérant nettement la construction de ses résidences de vacances sur les côtes du sud de l'Espagne. Pour y parvenir tout en restant attractif auprès d'un maximum de clients, il avait baissé ses prix, pour construire plus, en dépensant nettement moins et en gagnant énormément. Douglas était un jeune homme déjà très riche et cette fortune était apparente : il était descendu dans l'un des plus beaux hôtels de la ville et arborait une montre lourde d'or à son poignet. Son habitude des lieux luxueux se traduisait par une attitude confiante avec le personnel qui s'occupait de notre table. Il leur adressait des gestes de la main significatifs, invitant par exemple le sommelier à nous servir du vin en pointant seulement du doigt nos verres vides. Sur un plan personnel, Douglas allait bientôt se marier avec l'héritière de l'un des plus grands domaines viticoles d'Espagne. Il avait dit, amusé : « Si les gens en ont ras-le-bol du pinard un jour, on pourra toujours construire des hôtels dans les vignes ! »

De son côté, les réussites de Grégoire étaient tellement évidentes que mon ami ne prenait même pas la peine de les énoncer. Il assistait au dîner avec une réserve élégante tandis que, pour ma part, j'étais heureux d'avoir enfin une expérience valorisante à raconter : le lancement du site internet du journal était une réussite, et j'y étais vraiment associé. Je dissertai donc un moment sur l'avenir de la presse, le transport des contenus vers les supports digitaux, mais Douglas semblait plus intéressé par les jolies filles, serveuses ou clientes, qui circulaient dans le restaurant. Grégoire m'observait en souriant, sans que je sache s'il était fier de moi, ou seulement attendri. C'est à ce moment-là que son portable se mit à vibrer sur la nappe blanche. Nos yeux furent immédiatement attirés vers l'appareil. Il était inscrit « Inconnu » sur le petit écran. Grégoire lâcha : « Putain, je crois que c'est le ministre. » Il prit l'appel en se dirigeant à toute vitesse vers l'escalier, sûrement pour garantir un peu de calme à cette conversation cruciale. Quelques minutes plus tard, il revint vers nous, comme sous le choc. « Je suis nommé. Adjoint au directeur de cabinet. »

Évidemment, Grégoire avait été choisi. Comment ne pas le choisir ? Quelle concurrence pouvait-il subir ? Il était presque 23 heures, mais une voiture du ministère allait passer le chercher, d'un instant à l'autre. Rien ne pouvait attendre quand on était au service d'un gouvernement. Mal à l'aise à l'idée que le chauffeur soit obligé de venir le chercher devant cette adresse vulgaire, Grégoire nous avait tout de suite abandonnés et s'était avancé sur l'avenue pour attendre devant une porte cochère quelconque le chauffeur qui le conduirait vers la prochaine étape de son formidable destin.

Je m'étais donc trouvé seul avec Douglas. Depuis notre séjour en Andalousie, nous n'avions développé que peu de points communs et Grégoire était un tampon indispensable entre nous. Au fond, j'étais interloqué par son rapport efficace à l'existence, à travers sa réussite professionnelle, mais aussi dans sa relation avec les femmes avec lesquelles il adoptait toujours une attitude directe. Grégoire parti, il fallait que j'interagisse avec Douglas. Je pouvais bien trouver des dizaines et des dizaines de questions à lui poser sur ses ambitions immobilières : combien de tonnes de béton coulait-il sur les terres espagnoles chaque année ? Est-ce qu'il ressentait une jouissance à l'idée de poser durablement son empreinte immobilière sur les paysages ? Et comment ferait-il pour trouver des humains pour occuper toutes ses constructions ? Ça pourrait être intéressant d'y réfléchir. Mais Douglas et son regard semblaient de plus en plus

obsédés par les belles femmes du restaurant. Il avait interpellé plusieurs fois l'une des serveuses, une très belle brune
au type latin, d'abord avec un compliment bien tourné, puis
plus tard en lui susurrant un mot à l'oreille, provoquant
un ricanement rougissant chez elle. Moi je buvais toujours
plus pour noyer mon malaise et c'est alors que je goûtais un
digestif liquoreux que Douglas avait soudain tonné : «On se
fait chier! Allez, on descend!» Pour moi, nous étions déjà
au fond. Alors que non. Tout au fond de la salle, pas très
loin des toilettes, un petit escalier plongeait vers une boîte
de nuit. Une table nous y avait été réservée, une petite table
ronde sur laquelle un seau en acier fut bientôt déposé, garni
de bouteilles d'alcool nageant dans des glaçons. Douglas
assembla des cocktails et attira très vite plusieurs jeunes
femmes autour de lui. La serveuse, une fois son labeur
terminé, nous rejoignit aussi. Elle s'appelait Bianca, elle
était d'origine vénézuélienne. Une superbe brune, le corps
d'une sculpture très contemporaine, fine et plantureuse à la
fois, qui provoquait —difficile de le dire autrement— une
envie de sexe. Stimulé par la violence du message que son
corps envoyait, je tentai de lier conversation avec elle : «J'ai
vu qu'il y avait une crise gouvernementale au Venezuela.»
La musique était trop forte, elle n'avait pas entendu. Elle
se rapprocha de moi, retenant sa chevelure brune et lisse
au-dessus de son oreille, tout en dévoilant, merveilleuse
contrepartie, la crête du bonnet de son soutien-gorge alors
qu'elle se penchait. Mes neurones étaient mobilisés par
l'analyse du grain de peau de son sein, mais je parvenais à
répéter, encore plus près de son oreille : «J'ai vu qu'il y avait
une crise gouvernementale au Venezuela!» Je savais que
c'était complètement con comme approche, mais je n'avais
pas trouvé mieux. Elle répondit : «Ah si, si...» Et puis elle
se leva et se mit à danser, répondant avec les chaloupes
de son corps à ma question qui n'avait rien à foutre là.

Une réponse douce, muette et pourtant éloquente. J'étais paralysé, incapable de dialoguer avec elle, je ne maîtrisais pas son vocabulaire. Mais mon Dieu, elle était si belle à regarder.

Plus tard, suffoquant un peu, je décidai de remonter à la surface. Dans les escaliers, je me tournai une dernière fois vers Douglas, qui était maintenant dressé debout sur une banquette, avec un cigare à la bouche. C'était le roi incontestable de la fête. Il avait beaucoup progressé depuis l'Espagne.

Les façades défilaient à chaque accélération du taxi sur le chemin du retour. Le véhicule passa devant la majestueuse entrée du musée où maman m'emmenait quand j'étais enfant. Plus loin se trouvait cet immeuble où un vieil oncle était mort, puis la devanture du disquaire chez qui je m'étais procuré le premier album du groupe le plus triste du monde. Partout dans la ville, il y avait des souvenirs : l'esplanade du marché où je faisais du skateboard, le kiosque où papa aimait s'acheter des magazines de jazz, l'hôpital où j'étais né avec ses ambulances stationnées sur le trottoir. Il y avait mes souvenirs, et puis il y avait tous les autres : ceux gravés sur les plaques commémoratives, les statues représentant les héros nationaux, les stèles qui rappelaient les résistants assassinés ou les personnages illustres ayant vécu derrière tels ou tels murs. Et les millions de souvenirs anonymes : les rencontres, les disputes, les rendez-vous manqués, les premiers baisers échangés, les mauvaises coïncidences, les terreurs, les moments de grâce, les trajets mille fois répétés, les existences fracassées dans des accidents idiots à chaque coin de rue. La ville était garnie de vie, dense de toutes ces couches successives d'histoires, accumulées partout, jusque dans les interstices de chaque pavé planté dans la chaussée. Enfin vautré dans mon lit, entre les quatre murs de mon petit studio, je poursuivais cet exercice mental en imaginant tous ceux qui avaient fait l'amour ici, les heures de sommeil, les ronflements, les cris, les bonheurs, les pleurs, les couches de peinture sur les murs, les anniversaires célébrés, les enfants grondés et peut-être les meurtres. Il se passait partout beaucoup trop de choses pour que l'on se souvienne de quoi que ce soit.

33

─────

Au bureau, la tension était palpable. Le terroriste au couteau, c'est comme ça qu'on l'appelait, était toujours en liberté, et toutes les rédactions du pays étaient mobilisées pour tenter d'obtenir une information décisive : des détails sur l'avancement de l'enquête ou des éléments biographiques sur le tueur... Tout était bon à prendre. Les chaînes d'information continue étaient totalement concentrées sur le sujet, avec une délectation non assumée et pourtant évidente. Un présentateur réputé pour ses coups de sang grondait avec un sourire autosatisfait, comme s'il savourait son indignation : «Voici maintenant vingt-trois jours qu'un homme armé d'un couteau terrorise tout un pays. Ce n'est pas une armée ennemie, non : il s'agit d'un seul homme! Avec un couteau. Les services de police sont à ses trousses, nous dit-on, mais pas une trace, pas une piste... Vingt-trois jours, rendez-vous compte! Quel scandale!» Le gouvernement semblait lamentablement impuissant. Dans une allocution diffusée par tous les journaux télévisés, Marteleau avait annoncé la formation de ce qu'il appelait une «task force d'urgence». *Grosso modo*, les ministres de l'Intérieur, de la Justice, ainsi que l'élite des services de renseignements allaient s'enfermer dans une salle de réunion du palais présidentiel, et personne n'en sortirait tant que le terroriste ne serait pas stoppé. « Mort ou vif », c'étaient les mots utilisés par le président.

Romuald Michon multipliait les allées et venues, il s'entretenait régulièrement avec Richard de Commarque, puis s'enfermait dans des bureaux clos pour passer des coups de fil manifestement confidentiels. Le matin, lors des réunions de rédaction, il évoquait des « sources » mystérieuses, mais rien ne débouchait sur un scoop comme celui dont il avait été l'auteur quelques jours plus tôt. C'est justement pendant l'une de ces réunions que la « task force » gouvernementale s'était réunie pour la première fois. Étienne, tapi dans un coin de la grande salle de conférence, avait interrompu le discours habituel de Richard de Commarque en s'exclamant : « Attention, les ministres arrivent, ça va commencer ! » Il avait activé le son de l'écran géant fixé sur l'un des murs : on y voyait le président, la mine préoccupée, mais solennel, en train d'accueillir au Palais les équipes dont la responsabilité serait d'en découdre avec le terroriste. Il y avait quelque chose d'un peu disproportionné dans ce défilé d'une bonne dizaine d'hommes en costume, réunis pour organiser la chasse d'un seul autre individu. On pouvait imaginer le terroriste, caché quelque part devant sa télévision, épuisé par la folie de ses crimes et l'échec inévitable de sa fuite. Le message qui lui était adressé par Marteleau était clair : aucune chance ne lui serait laissée. Mais peut-être ricanait-il aussi de cette armada de ministres réunis spécialement pour lui ?

J'étouffai un petit cri de surprise quand j'identifiai tout à coup Grégoire sur les images diffusées en direct. La délégation du ministère de la Justice faisait son entrée dans la cour du Palais à bon pas, un peu comme l'équipe d'un film qui parade sur un tapis rouge avant une remise de prix. Parmi eux, quelques mètres derrière le ministre, il y avait mon ami. J'étais épaté de le voir, en haut des escaliers, serrer la main du plus haut personnage de l'État. C'est cette émotion qui me fit lâcher, à mi-voix : «C'est mon pote d'enfance, lui!» Quelques collègues tournèrent la tête vers moi, surpris mais peu attentifs à mon anecdote. Parmi eux, Michon. Sauf que son regard à lui était tout sauf amusé, c'était celui d'un prédateur prêt à fondre sur sa proie. Il m'isola immédiatement dans un coin de la pièce : «Tu as un pote au ministère de la Justice et tu ne m'as rien dit?» Le corps de Michon n'était que tension et rage de savoir. Un peu effrayé par cette présence bestiale et intimidante, je bafouillai : «Oui, je le connais depuis l'enfance... C'est mon meilleur ami...» Michon enchaîna avec le débit d'une mitraillette : «Alors je ne sais pas comment tu vas t'y prendre, mais tu vas faire parler ta source, tu vas lui faire cracher tout ce que tu peux, tu entends? Il faut absolument qu'on sache ce qui se dit dans cette putain de réunion. Je veux être le premier à balancer les coulisses.» Il s'était un peu adouci sur la fin, sans doute en prenant conscience que son agressivité ne ferait que me paralyser.

Je laissai passer une heure, puis deux, l'œil toujours rivé sur les écrans installés un peu partout dans la rédaction. La réunion s'éternisait et Michon rôdait comme un loup, me jetant des regards noirs, comme pour me rappeler le pacte qui nous unissait désormais. Quand une partie des conseillers, dont Grégoire, quitta le Palais dans des voitures officielles, je saisis mon téléphone portable et rédigeai le message suivant : «Salut mon vieux. On ne s'est pas parlés depuis la soirée avec Douglas, mais je crois qu'il s'est passé pas mal de choses dans ta vie depuis... Félicitations, c'est mérité! En tout cas, sache que si c'est l'intérêt du ministère de laisser filtrer quelques infos, mon journal sera preneur.

Dis-moi!» Et j'envoyai le message. Une heure plus tard, je n'avais reçu aucune réponse de Grégoire. Michon semblait prêt à se jeter sur moi et à m'arracher les tripes. Quand, à la fin de la journée, il capitula et quitta le bureau, je retrouvai enfin un peu de souffle, même si je savais que c'était temporaire.

34

Que c'était doux de s'endormir dans les bras d'une femme, de se sentir au plus près d'un autre corps. Un corps pour lequel on ressent un petit peu d'affection. Pas comme les fins d'étreintes poisseuses, quand je m'assoupissais dans les sécrétions de l'orgasme de Malvina. En l'occurrence, il s'agissait du corps de Julie, qui m'accueillait confortablement, qui épousait avec ses rondeurs les angles de mes coudes et de mes genoux. Je me sentais bien, collé à elle. Son nouvel appartement était encore plus propre et organisé que celui que j'avais connu pendant nos études de journalisme. Dans l'entrée, il y avait un vide-poches dans lequel des produits cosmétiques étaient alignés à côté d'un miroir ovale et d'une liste de courses. Depuis plusieurs mois, Julie occupait un poste d'enquêtrice pour un site internet spécialisé dans les révélations puissantes : les affaires de corruption, les deals cachés, les complots, les dossiers indésirables. Elle raffolait de cet exercice : piéger ceux qui exerçaient le pouvoir, démontrer la pourriture des puissants et tout ce qu'ils volaient aux «pauvres gens». Julie grenouillait avec les avocats, usait de son rire pour séduire, de son esprit analytique pour frapper aux bonnes portes et pour poser les questions qui fâchent. Juste avant que l'on s'embrasse, Julie avait dressé un état des lieux de ses ambitions amoureuses : elle ne voulait pas faire n'importe quoi avec les hommes, et il lui arrivait parfois de se demander si elle n'était pas lesbienne. Ce soir, elle ressentait un fort besoin de tendresse et elle s'autorisait à l'exprimer avec moi pour la raison suivante : nous avions été amoureux, c'était terminé, et nous étions donc «en zone sûre» pour reprendre ses mots. Juste avant de poser mes lèvres sur les siennes, il me vint à l'esprit que la vie de Julie était admirablement cohérente. Elle semblait avoir trouvé son barycentre, le point d'équilibre de son existence : il y avait sa vie quotidienne bien rangée, sa carrière prometteuse et ses amours, qui méritaient encore quelques réglages, mais qui seraient fondées sur des bases saines. C'est avec le sentiment du désordre de ma propre vie que j'avais commencé à la déshabiller poliment. Nous avions fait l'amour comme des retrouvailles, doucement, l'un et l'autre en terrain conquis : c'était chaud et bon d'être en elle.

Julie avait fait un retour fracassant dans ma vie la veille. Après cette journée affreusement pénible à la rédaction, écrasé sous la pression infligée par Michon, j'avais rejoint un «pot des anciens» de l'École de journalisme. C'était une tradition : les élèves se retrouvaient un an après la fin de leurs études, pour boire un verre, pour faire le point. C'est d'abord plein de malaise que je m'étais approché de la masse de mes anciens camarades réunis à la terrasse d'un bar. À qui allais-je bien pouvoir m'adresser ? Arriverais-je à valoriser ma première année de travail ? Serais-je cool, drôle, à la hauteur ? L'expérience de l'école me semblait maintenant si lointaine et le visage de certains élèves quasiment inconnu. Celui que l'on reconnaissait sans faute, c'était Patrick. On l'apercevait au milieu d'un petit groupe de jeunes gens, bavard comme un messie avec ses disciples, *winner* flamboyant de cette première année postscolarité : Patrick s'était marié, attendait un enfant, et il venait d'être nommé rédacteur en chef, chargé de la tranche horaire de l'après-midi, sur une radio nationale. Une prouesse alors qu'un bon tiers de la promotion se trouvait encore baladé de contrats précaires en piges faiblement rémunérées. Une poignée d'élèves avaient même radicalement changé de métier, découragés, optant pour la communication ou l'enseignement. Je n'étais pas prêt à rejoindre la petite grappe de fascination agglomérée autour de Patrick, alors je me dirigeai vers le bar pour commander un verre. C'est là que j'aperçus la silhouette de Fanny. Elle était de dos, seule. Les lignes de ses hanches rappelaient à ma mémoire les *stimuli* ressentis à l'école. Je me positionnai juste derrière elle, comme un amant : « Salut Fanny. » Quand elle se retourna, je fus frappé par son visage que je trouvai vieilli : ses yeux semblaient plus lourds, des rides dites « d'expression » étaient apparues sur son front. Mon œil vrilla l'espace d'une demi-seconde vers son décolleté que j'imaginais moins ferme. « Comment ça va ? », dis-je aussitôt, comme pour masquer la surprise qui devait se lire sur mon visage. Fanny s'était animée : « Mais ça va super ! Écoute, je ne pourrais pas être plus heureuse ! Tu sais, je bosse à la radio maintenant. La télé, c'était franchement pas mon truc : trop superficiel, impossible de traiter du fond des choses. Les chefs me considéraient comme un bout de viande... Je bosse avec Patrick maintenant ! Et lui, il me fait confiance, c'est un boss génial. Depuis deux semaines, je présente le journal de l'après-midi et avec toute cette actu, je m'éclate ! » La durée de sa réponse m'avait permis de constater que son sex-appeal était préservé, même si son ardeur avait faibli. Puis Fanny avait penché la tête sur le côté et elle avait dit, en me regardant par en dessous : « Et toi alors ? Pas trop dur ? J'ai appris que tu avais été relégué au site web de ton journal ? » Sa question me prit par surprise, parce qu'elle n'était pas en adéquation avec ce moment où, au contraire, j'avais l'impression de me construire un peu d'estime professionnelle. J'étais déstabilisé : «Oui, c'est vrai... Enfin non. Le web, c'est pas si mal tu sais! Ça laisse la possibilité d'écrire. Bon alors, les types de sujets, c'est pas toujours hyperpassionnant. Mais je m'exerce, j'apprends. Et puis on a fait de très bons scores récemment! Le directeur de la rédaction est supercontent, il mise beaucoup sur nous.» Fanny m'avait écouté, tendrement consternée, et elle avait repris la parole, comme si je n'avais rien dit : «Celui que j'adore, c'est Romuald Michon! Quelle classe, quelle éloquence. Et puis son scoop sur le terroriste au couteau. Voilà, ça c'est un journaliste!» Il fallait que j'abandonne. Alors, comme des milliers de fêtards mal à l'aise avant moi, je m'excusai en prétextant l'envie d'aller aux toilettes. À peine avais-je amorcé mon mouvement qu'elle filait déjà vers Patrick, comme si notre conversation n'avait été qu'un contretemps. Je restai immobile, interloqué. C'était difficile de se retrouver comme ça, entre anciens camarades, aujourd'hui concurrents. On se comparait, on craignait la déception dans le regard de l'autre, on tentait de camoufler la jalousie dans le sien, tout en jouant l'intérêt faux pour autrui qui sert seulement à se jauger soi-même.

La télévision au fond du bar rediffusait les mêmes images des ministres cet après-midi dans la cour du Palais. Le cœur battant, je regardai mon téléphone portable. Je n'avais qu'un seul message, d'un numéro inconnu : «Toujours rien? C'est Romuald.» Et c'est dans ce moment de désespoir que Julie apparut. «Bonsoir jeune journaliste», avait-elle dit avec malice. Elle était quand même un ou deux crans au-dessus de n'importe quelle mêlée, naturelle, directe. Nous nous étions confortablement installés dans une conversation, parce qu'avec elle il n'y avait pas de double lecture à opérer : ses rires étaient francs, son intérêt sincère. À mes yeux, il lui avait toujours manqué un peu de vice, de ce désir parfois utile de renverser la valeur des choses. Mais au fond, c'était la part noire de ma personnalité qui lui formulait ce reproche, cette part qui nous avait séparés. Quand le bar avait fermé, Julie m'avait glissé à l'oreille : « On va chez moi ? On a encore plein de trucs à se dire, non ? »

Le lendemain matin, nous avions pris notre douche ensemble. À la radio, les journaux ouvraient encore et toujours sur la traque du terroriste, sans éléments nouveaux pourtant. Mais je me sentais bien loin de ce stress, parce que Julie était parfaite quand elle se lavait. Chacun de ses gestes était doux, précis. Elle manipulait le pain de savon avec élégance, le laissait glisser sur les arrondis de son corps. Mais c'était le moment du shampoing qui m'avait particulièrement saisi. Elle traitait ses cheveux comme une algue rare, les caressait très lentement pour les démêler, tout en amortissant le flot de l'eau du creux de la main. Comme pour laver délicatement un nouveau-né. Cette douche était un baptême, simple, beau et précieux. L'espace d'un instant, je fermai les yeux en imaginant que Julie était ma Caroline.

Nous avions bu un café qu'elle avait elle-même moulu. Un café brésilien, sélectionné dans une boutique spécialisée dans les grains rares. Puis nous avions descendu les escaliers ensemble, comme des gamins, à toute vitesse, la cavalcade de nos pas se mêlant à ses éclats de rire. Dans la rue, Julie avait marqué un temps d'arrêt devant les unes des journaux placardées sur un kiosque. Toutes quasiment portaient sur la réunion au sommet de la veille. Julie avait souri : « Je suis sur un truc là... J'espère que ça va bouger aujourd'hui. » Puis elle m'avait embrassé avant de dégringoler dans une bouche de métro. Soudain seul, je ne pensais plus qu'à une chose : Michon m'attendait de pied ferme au bureau. Et sur mon téléphone, toujours aucun message de Grégoire.

35

———

À la rédaction, mon calvaire était loin d'être terminé. Quand Richard de Commarque avait convoqué la grande réunion de rédaction du matin, Michon m'avait éloigné en disant : «Pas de réunion pour toi tant que tu n'as pas un tuyau...» J'avais envoyé un nouveau message à Grégoire dans la foulée, puis un autre l'après-midi, conscient que mon insistance trahissait un intérêt malsain. Sans aucun résultat. Au fond de moi, je savais que la loyauté de Grégoire, en toutes circonstances démontrée, l'empêcherait de me confier quoi que ce soit. À la fin de cette pénible journée, Michon avait enfilé sa sacoche en bandoulière et, en passant devant moi, il avait glissé, juste assez fort pour que je l'entende : «Espèce de minable.»

Un peu plus tard, je m'étais réfugié chez papa et maman. L'appartement de mon enfance était vide et donnait l'impression de somnoler dans la poussière d'une époque révolue. Mes parents étaient sortis et je déambulais dans ces pièces si familières, à la recherche d'éléments de nouveauté. Les meubles étaient agencés de la même façon, avec les mêmes fauteuils, les mêmes commodes, les mêmes livres dans les mêmes bibliothèques. On entendait toujours à intervalles réguliers les rames de métro qui vibraient dans les profondeurs et qui faisaient trembler la carcasse de l'immeuble. Enfant, je ne remarquais même plus la rumeur de ce monstre qui rugissait dans le sous-sol. On s'y faisait. Ma chambre était comme plongée dans le formol : sur le bureau, il y avait encore des manuels témoins de mon bref passage à l'université, des stylos à l'encre désormais sèche, et un poster du groupe le plus triste du monde qui se gondolait sur le mur. Instinctivement, j'ouvris le placard dans lequel j'avais dissimulé pendant toute mon adolescence un trésor. Ma main, qui avait tant de fois reproduit ce geste, retrouva l'espace béant dans une cloison en contre-plaqué, là où je cachais une chemise cartonnée bleue. À l'intérieur un pot-pourri de petites choses interdites : un porte-clés volé à un cousin, un paquet souple de cigarettes, un magazine avec des images de femmes nues à l'intérieur, une déclaration d'amour jamais envoyée, un préservatif que j'aurais rêvé d'utiliser à l'époque mais qui patientait depuis dix ans dans cette cachette. Je considérai un instant ces reliques, et tout ce qu'elles disaient de l'adolescent que j'avais été, des stratagèmes qu'il employait pour dissimuler ses hontes. Puis je fis claquer l'élastique de la chemise cartonnée et je glissai mon trésor dans le placard auquel il appartenait.

Dans le couloir menant au salon, je retrouvai aussi le portrait de l'ancêtre aux moustaches fournies, celui qui me faisait si peur quand je me levais la nuit. Je m'arrêtai face à lui : j'avais bien grandi depuis mes terreurs enfantines, je pouvais le toiser désormais. J'étais à sa hauteur, je pouvais le regarder dans les yeux et le défier. Mais il ne me répondait rien. Au contraire, il était là, triste et figé, le visage craquelé par l'usure du temps, prisonnier de la toile. Il ne m'avait jamais fait de mal : il était resté là pendant tout ce temps, inerte, indifférent. Et je m'en voulais de l'avoir autant détesté.

J'inspectai ensuite le salon : il y avait le secrétaire en merisier de papa, sur lequel étaient empilés des disques encore dans leur emballage plastique. J'ouvris les tiroirs, toujours garnis des mêmes petits carnets, de listes, de papiers d'identité, de courriers en tout genre. Il y avait le sofa rouge de mon enfance, celui sur lequel je m'allongeais tous les dimanches matin, tandis que je lisais des romans d'aventure. J'aimais m'y enfoncer, sentir le moelleux des coussins de plus en plus chauds autour de moi, comme des sables mouvants dans lesquels je sombrais en même temps que la lecture emportait mon imagination. Sur le sofa, mes parents avaient disposé un plaid, rapporté d'un récent voyage. Je l'observais comme une hérésie, un intrus qui avait colonisé le théâtre de mes souvenirs, sans m'en demander la permission. Je détestais ce plaid.

Soudain, le bruit métallique de la porte blindée bouscula ma rêverie. Papa et maman étaient de retour. Ils se déshabillèrent dans l'entrée, un peu plus courbés, un peu plus vieux qu'à l'époque de tous ces souvenirs. Mes parents étaient devenus des versions ternes de ce qu'ils avaient été. Ils étaient plus lents, plus gris, comme délavés. On commençait à deviner les vieillards qu'ils seraient. Et pourtant, malgré sa silhouette devenue frêle avec l'âge, ma mère gardait cette douceur dans le regard qu'elle avait toujours réservée à son fils. Et mon père, au contraire alourdi par l'embonpoint, restait à mes yeux le gaillard torse nu avec qui je faisais la course dans les caillasses des sentiers de montagne. Ce jour-là, ils avaient passé l'après-midi à écouter du jazz dans un club pour des gens comme eux, qui sortaient de moins en moins le soir. Quand papa déposa ses clés dans l'entrée, le son du métal rappela à mon souvenir le temps où je guettais leur retour toute la nuit dans mon petit lit. J'attendais que le cliquetis de leurs clés résonne enfin, et que, débraillés, ils viennent m'embrasser, avec une odeur de sueur mêlée à celle plus âcre dont je découvrirais plus tard que c'était celle de l'alcool. Ensuite, je pouvais m'endormir, serein, rassuré que la famille soit au complet.

Je décidai de rester pour le dîner, et pendant que je dressais la table, maman préparait à manger sans plaisir. C'était une constante dans la famille, personne n'aimait vraiment cuisiner et, à l'heure des repas, nous nous contentions souvent d'une viande grillée pendant que des pâtes ou du riz mollissaient dans l'eau bouillante. À table, je racontai mes dernières aventures professionnelles, ma nouvelle affectation au site internet. En retour, je lisais de l'incompréhension dans leurs yeux, et j'étais exaspéré par les questions posées par maman : « Tu ne pourrais pas partir en reportage avec Romuald Michon ? Il pourrait te former, te prendre un peu sous son aile ? » J'essayais d'expliquer que Michon ne formait personne, que sa réussite était individuelle et, finalement, peu associée au travail de la rédaction. Mais c'était difficile à imaginer pour eux qui étaient des lecteurs dévoués de ses articles, et des téléspectateurs toujours convaincus par ses interventions. J'aurais pu leur raconter que leur fils avait pleuré il y a quelques heures, enfermé dans les toilettes du bureau, humilié par Michon. J'aurais pu aussi leur raconter comment il m'avait piqué ma petite amie. Mais nous n'avions pas exactement ce genre de rapports avec mes parents. Les sentiments trop violents et les histoires de cœur étaient soumis à une grande pudeur, de leur part comme de la mienne.

Après le repas, nous avions débarrassé la table, les couverts tintinnabulaient alors que nous les rangions dans le lave-vaisselle. Papa tentait toujours de loger un maximum d'assiettes dans la machine. Puis j'avais embrassé mes parents, avec l'envie d'être parti le plus vite possible, pour échapper à ces deux regards qui me connaissaient trop, qui jaugeaient chacun de mes gestes avec l'intensité dont seuls ceux qui nous ont élevé sont capables. Dans l'entrée, maman m'avait confié quelques restes du repas dans une boîte en plastique, tandis que papa m'encourageait à leur rendre visite plus souvent. Au moment de partir, mon œil s'était arrêté sur une petite photo, encadrée et posée sur une rangée d'étagère. C'était une ancienne version de moi, joufflu, boudiné dans un gilet rayé, une coiffure en forme de bol, le regard hébété de l'enfant pris au piège d'une cabine de Photomaton. Il était mignon ce petit garçon. Il était au commencement, vierge du monde, du travail, des amours déçus, des ambitions et des Malvina. Mon cher petit garçon.

36

―――

Ce matin-là, dans les premiers titres des radios ou dans les documents envoyés par le ministère dès l'aube sur la boîte mail de Grégoire, le thème principal était la cavale toujours en cours du terroriste au poignard. Quelques jours plus tôt, il avait tenté d'assassiner un policier sur le parvis d'une gare, mais un passant était parvenu à le mettre en fuite, au prix de plusieurs coups de lame. Cet homme, plongé dans le coma pendant plusieurs heures avant de mourir, était devenu le symbole de la terreur aveugle propagée par le tueur. Son portrait était diffusé partout, on priait pour lui, des bouquets de fleurs étaient déposés en son honneur à l'endroit de l'attaque. L'indignation collective se concentra pendant une semaine environ sur son sort injuste, avec une extrême intensité, jusqu'au moment où l'attention médiatique se relâcha brutalement, laissant le héros endosser son statut final : un codicille dans les livres d'histoire. Les premiers mois du mandat de Marteleau se trouvaient gâchés par l'incapacité du gouvernement à arrêter le tueur. La menace d'un terroriste en liberté, qui planait lancinante sur tous, pourrissait l'opinion publique pourtant bienveillante à l'égard du nouveau pouvoir.

Grégoire était réveillé depuis déjà une heure quand il ramassa quelques miettes, prit une douche rapide et s'habilla. Il préparait toujours sa tenue la veille, car il avait lu quelque part qu'un cerveau humain n'était capable de prendre qu'un nombre limité de bonnes décisions au cours d'une journée. Alors, il s'était dit qu'il choisirait tous les soirs sa tenue pour le lendemain, afin d'économiser un peu d'énergie à son cerveau le matin. Pour faire simple, Grégoire portait tous les jours un costume bleu nuit. En nouant sa cravate, il observait sa femme éclairée par la lumière bleue de son téléphone portable. Blottie dans un peignoir, Caroline commençait à affiner les objectifs qu'elle fixerait à ses équipes dès son arrivée au bureau : des comptes à rendre, de nouvelles marges à dégager... Quelque part dans ses entrailles, une masse de cellules était en train de s'agréger, de s'améliorer, de trouver son chemin pour devenir quelques jours plus tard un embryon. Encore indifférents à ce destin, le mari embrassait son épouse sans rien dire, car tous deux étaient déjà lancés dans la course d'une nouvelle journée.

Le ministère était logé dans un très bel hôtel particulier, tels ceux que l'on imagine quand on lit les auteurs du XIXe : une cour pavée, des escaliers monumentaux, d'immenses fenêtres, le ballet des carrosses d'autrefois remplacé par les berlines sombres et silencieuses des puissants du moment. Pourtant, pour atteindre son bureau, Grégoire, emprisonné dans un minuscule escalier hélicoïdal qui branlait sous chacun de ses pas, devait se livrer à une escalade peu bourgeoise, dénuée de tout prestige. Mansardée, la petite pièce où il travaillait était perdue dans les combles, cloquée aux murs, encombrée de magazines et de dossiers. Grégoire avait accroché une reproduction du tableau de Valtat sur une poutre en face de lui. Partout où il allait, l'image de ce petit tableau coloré le suivait. Elle le rassurait, le réjouissait avec ses motifs violacés, sans qu'il sache véritablement pourquoi. Parfois, Grégoire pensait qu'il aurait pu posséder ce tableau, mais qu'il avait fait le choix inverse, celui des lignes fortes et noires de la toile de Hartung. Grégoire gardait de la tendresse pour l'œuvre qu'il avait manquée, et il se disait qu'un jour, il la retrouverait. Ça lui procurait une perspective.

Ce matin-là, à peine installé derrière son bureau, Grégoire fut aussitôt convoqué deux étages plus bas par le directeur de cabinet : « Le ministre réunit l'ensemble de ses collaborateurs immédiatement. Descendez. » Une dizaine de conseillers coulèrent depuis les combles, les cravates valsaient, les talons claquaient dans les escaliers de service vermoulus. Puis ce très beau monde déboucha sur les tapis épais à l'étage du ministre. Sa secrétaire avait glissé : « Le ministre a appris une mauvaise nouvelle. Personne ne sait de quoi il s'agit... »

Chacun essayait de trouver une place dans un coin du bureau. Les plus chanceux avaient pris place sur les deux canapés Louis XV disposés dans la pièce. D'autres se rangeaient le long des murs, le dos crispé contre une moulure. Après plusieurs minutes de brouhaha, le ministre entra dans la pièce accompagné du directeur de cabinet. Il détailla ses troupes d'un lent regard de la droite vers la gauche, puis il commença : « Les enfants... Vous le savez déjà, un type se balade avec un couteau, prêt à tuer sans qu'on sache trop pourquoi. On essaie de le choper, mais on n'y arrive pas. Les services de l'Intérieur patinent, la presse se gargarise de notre nullité et on a tous l'air de cons. Écoutez la radio, lisez les éditos dans la presse... C'est accablant et la pression est de plus en plus forte. Voilà pour le préambule... Mais ce matin, je vais vous donner un élément supplémentaire qui corse encore un peu l'addition, et qui ne va pas arranger nos affaires.» Chaque fois que le ministre approchait d'une extrémité de la pièce, il pivotait sèchement sur les talons de ses souliers, faisant ainsi miauler le parquet en point de Hongrie. «Ce que l'on sait aussi, c'est que le terroriste est le cousin du taré de l'école juive, et qu'ils étaient comme deux frères depuis l'enfance... Mais figurez-vous que ce n'est même pas l'alinéa le plus croustillant de son CV. Parce que mes petits enfants, le mec qui est en train de semer la panique dans tout le pays était encore bien au chaud en prison il y a à peine quelques semaines. Coffré pour une série de braquages avec violence... Derrière les barreaux pour deux ans encore. Mais ça, c'était en théorie ! Parce qu'il y a donc un juge d'application des peines quelque part qui s'est dit que ce sale mec méritait une deuxième chance et qui l'a remis en liberté. Et ce juge, c'est nous qui en sommes responsables, c'est l'institution judiciaire. C'est donc vous. Mais c'est surtout moi, bordel de merde ! En gros, si on résume, et la presse adore les résumés : le type qui taillade des carotides depuis un mois le fait grâce à nous !» Le ministre avait habilement modulé le volume sonore de sa déclaration à mesure qu'il avançait dans sa démonstration, l'entamant d'une voix douce, puis devenant de plus en plus énergique, pour terminer dans une forme proche de la vocifération. Avec effet de stupeur immédiat. «Autant vous dire une chose : chaque putain d'individu dans ce bâtiment est sur le même bateau que moi. Si l'info sort avant qu'on l'ait décidé ou organisé, on est TOUS morts. Pendant vingt-quatre heures, je veux une putain de muraille autour du ministère. Et d'ici là, on trouvera une solution...»

Un peu plus tard, le ministre avait réuni les membres les plus importants de son cabinet. Il s'était contenté d'une question : «Qu'est-ce qu'on fait?» Pendant le long silence qui s'ensuivit, Grégoire fut tenté de prendre la parole. Mais ce n'est que lorsque le directeur de cabinet lui fit un signe de la tête qu'il osa enfin : « On se tait bien sûr. On se donne jusqu'à la fin de la journée pour gratter tout ce qu'on peut trouver dans le dossier carcéral du mec, la moindre piste qui peut aider à le localiser. Et dès qu'on a fait le tour, on convoque une réunion interministérielle avec l'Intérieur, on leur file nos tuyaux discrètement, sans leur laisser deviner qu'on est mal. Si le type est arrêté dans les vingt-quatre heures sans faire de nouvelles victimes, on va souffrir, mais on a une chance de s'en sortir. En revanche, si la presse balance l'info... Dire que nous serions tous grillés serait nettement en dessous de la réalité. » Le ministre avait dit : « On fait ça. »

Le soir même, Marteleau annonça la convocation de la « task force » gouvernementale dans le journal télévisé, sans que Grégoire sache si c'était son idée qui l'avait déclenché. Il passa la nuit suivante à compulser des dossiers, réfléchir à des synergies avec les autres services de l'État pour accélérer la neutralisation du terroriste. Dans un document interne au ministère, il remarqua que trois hommes avaient été identifiés comme « particulièrement proches » du terroriste pendant sa détention. Ils avaient été ses compagnons de cellule, mais tous les trois avaient recouvré la liberté depuis. Le document fournissait quelques détails les concernant : des adresses, les noms de leurs compagnes, les écoles dans lesquelles leurs enfants étaient scolarisés. C'était une piste à explorer au plus vite. Alors Grégoire rédigea une fiche destinée au ministre et au directeur de cabinet qui résumait ces trouvailles : on pouvait orienter l'Intérieur vers ces trois types, faire en sorte qu'ils soient mis sous surveillance. Juste avant que le jour se lève, Grégoire s'était allongé, recroque-villé sur le petit canapé qui faisait face à son bureau. La fatigue lui donnait des vertiges et il avait plongé son visage sous sa veste de costume, pour se cacher de la lumière de plus en plus présente dans le bureau. On entendait la rumeur des premiers camions-poubelles qui signent l'arrivée du matin.

Enfant, Grégoire pensait souvent aux soldats des grandes guerres, rongés par les poux et par le froid, la vie suspendue au hasard des bombes. C'était grotesque, mais en sombrant dans le sommeil, il s'était dit qu'il était comme eux, volant un peu de repos avant que l'aube se lève sur la suite d'une bataille incertaine. Dans les bureaux adjacents, on entendait des pas, des conversations téléphoniques, des imprimantes qui ronronnaient. Le ministère était sur le pied de guerre, ce n'était même pas une métaphore.

Le lendemain, un convoi de berlines officielles traversait la ville, escorté par des motards en uniforme. Grégoire était dans la voiture du directeur de cabinet, qui lisait en silence la fiche rédigée par son adjoint pendant la nuit. Les voitures filaient à une allure vive et continue, sans à-coups, même dans les petites rues pourtant jalonnées de nombreux feux de signalisation. À tous les croisements, des policiers bloquaient les autres véhicules ou les passants et les façades défilaient tellement vite qu'on ne pouvait en distinguer les détails. Les traversées fulgurantes comme celle-ci n'étaient permises qu'aux personnages chargés des missions les plus importantes. Grégoire avait dans le ventre ce vertige glacial qui s'installe quand on est dans l'attente d'une épreuve cruciale. Il tentait de ralentir son souffle, de desserrer ses jambes entortillées par le stress. Puis le directeur de cabinet avait fermé son dossier et arrangé le peu de chevelure qu'il lui restait sur les tempes alors que la voiture roulait sur le gravier de la cour du Palais. «Il y a du monde», avait-il dit en constatant la présence d'une vingtaine de journalistes et de photographes. Presque instinctivement, Grégoire avait trouvé son chemin jusqu'au perron où le président lui avait serré la main avec un voile interrogatif dans le regard. Marteleau ne savait pas qui était cette jeune personne en face de lui. Un grand salon accueillait la réunion, avec un quadrilatère de tables dressées, autour desquelles se pressaient une majorité de jeunes gens qui ressemblaient à Grégoire, et qui consultaient des dossiers, s'échangeaient des notes. Les quelques figures plus âgées dans la pièce étaient les ministres ou les huissiers qui servaient le café et les jus de fruits. La fameuse «task force» s'était ouverte avec une brève intervention du président de la République, qui avait ensuite donné la parole au ministre de l'Intérieur. C'était un homme assez jeune, qui avait la particularité d'avoir été le premier élu à soutenir Marteleau quand il s'était lancé dans la campagne présidentielle. En guise de récompense, il avait été nommé à ce poste essentiel, celui de ministre chargé de la sécurité intérieure et du maintien des libertés publiques. Il avait pris la parole en même temps qu'une image était projetée sur le mur derrière lui. On y voyait le visage du terroriste, ainsi qu'une arborescence de noms. «Voici le type qu'on recherche, ainsi que toutes ses connaissances identifiées. Ça fait cinquante-deux personnes, qui sont toutes sous surveillance, vingt-quatre heures sur vingt-quatre.» Grégoire avait immédiatement remarqué les lacunes du tableau projeté : il manquait les visages des trois hommes qui avaient partagé la cellule du terroriste pendant qu'il purgeait sa peine de prison. C'était incroyable que leurs noms et leurs visages ne figurent pas sur le tableau établi par les Affaires intérieures. Tout en essayant de ne pas trahir sa panique, Grégoire avait jeté un œil au directeur de cabinet qui restait stoïque. Il venait pourtant de lire sa fiche. Il avait forcément remarqué l'absence des trois hommes.

Ensuite, le ministre de l'Intérieur avait annoncé qu'une piste existait. Plusieurs témoignages désignaient un pavillon en périphérie de la ville, qui appartenait à l'oncle du terroriste. Des images de vidéosurveillance avaient repéré le tueur dans les alentours immédiats de la maison, et un voisin confirmait l'avoir identifié il y avait quelques heures seulement. «On a des raisons de penser qu'il est au courant des moyens déployés pour le trouver, il a peut-être même vu l'intervention télévisée du président de la République hier. On peut en déduire qu'il est prêt à en découdre.» Le pavillon était cerné par les forces de police et, dès la nuit tombée, une opération serait menée pour l'arrêter, ou l'abattre en cas de résistance. À la fin de la réunion, Grégoire se dirigea vers le directeur de cabinet. Celui-ci l'arrêta avec autorité : «On attend l'intervention de cette nuit.»

De retour au ministère, chacun avait rejoint son bureau, anxieux, dans l'attente du verdict de l'assaut. Dans sa soupente minable, Grégoire écoutait l'enregistrement d'un récital de piano. C'était un goût qui lui était venu de Caroline qui, comme toute jeune femme bourgeoisement élevée, avait pris des leçons et en avait gardé l'habitude intermittente de jouer les quelques mélodies retenues par ses doigts. Le tempérament obsessionnel de Grégoire s'était manifesté aussi dans son intérêt pour le piano : il cherchait les meilleures interprétations des plus belles partitions, collectionnait les enregistrements historiques, souvent les plus anciens. Des vieux vinyles épuisés, fatigués, qui soufflent, qui craquent et qui grésillent. Il y avait, dans les interprétations des années 1940 par exemple, une précision, une vigueur dans le jeu, un engagement total, sans manières ou effets de style vulgaires. Grégoire écoutait la sonate D960 de Schubert, jouée par Artur Schnabel, tout en lisant un résumé des actualités de la journée fourni par la présidence. L'annonce de la «task force» avait peu convaincu, plusieurs sondages mesuraient la poursuite de la chute des opinions favorables au président, et un éditorialiste avait même parlé du gouvernement comme d'une «bande d'incapables». Surtout, les équipes des principaux ministères faisaient toutes ce constat : les journalistes tentaient par tous les moyens d'obtenir des informations sur la traque du terroriste, la pression exercée sur les attachées de presse était qualifiée dans la note «d'intense». C'est à ce moment-là que le téléphone sonna. «Descendez immédiatement», avait dit le directeur de cabinet.

Grégoire emprunta le dédale d'escaliers qui menait au rez-de-chaussée. À l'intérieur du bureau du directeur de cabinet, se tenait le ministre accompagné de son épouse, une femme un peu plus jeune que lui, qui avait été journaliste pour un magazine de mode dans une vie antérieure. Ils arrivaient de l'appartement privé réservé au ministre, et semblaient s'être précipités, car ils étaient tous les deux en pyjamas. La jeune femme était assise dans un fauteuil et enroulée dans une sorte de couverture en soie, tandis que le ministre faisait des allers-retours dans la pièce, vêtu d'un pyjama en coton rayé, dont la veste boutonnée laissait apercevoir les poils grisonnants de sa poitrine. Le directeur de cabinet et Grégoire étaient eux en costume, mais ce contraste vestimentaire ne semblait gêner personne.

Le ministre prit la parole : «Les Affaires intérieures se sont plantées... Ils ont mené l'assaut et ils sont tombés sur un clochard qui squattait la cave de la baraque...» Grégoire pensa encore une fois aux trois anciens détenus qui se baladaient dans la nature. Il se lança : «Monsieur le ministre, il faut communiquer l'information que nous avons en notre possession au plus vite aux Affaires intérieures. Ces trois hommes doivent être surveillés, ce sont peut-être eux les complices. On ne peut plus prendre le risque d'attendre.» Le ministre alluma une cigarette : «Tu veux donc que je me défroque et que j'annonce à tout le gouvernement et au président de la République que j'ai planqué une information essentielle? Tu veux que je leur avoue que toute la journée, pendant leur "task force" à la con, on avait cette info mais qu'on a fermé notre gueule? C'est donc ça ton idée, espèce de petit con?» L'épouse du ministre soupira, tout en se rongeant les ongles. Le directeur de cabinet s'adressa à

Grégoire, à voix presque basse, comme son imperturbable style le dictait : « Je tiens à vous rappeler que c'est sur votre proposition que nous avons décidé de gagner du temps et de taire les éléments dont nous disposions. Le nerf de l'action publique réside dans la fidélité que l'on témoigne aux équipes auxquelles on appartient et aux décisions que l'on prend collectivement. Je vous invite donc à appliquer ces recommandations et à rejoindre votre bureau. »

Sous les toits, Grégoire s'était allongé pour une deuxième nuit consécutive dans son canapé. Il était fatigué, intérieurement détruit par les événements du jour. Il se sentait enfermé dans la cabine de pilotage d'un avion qui plane droit vers le flanc d'une montagne. Avant de s'endormir, il avait consulté son téléphone portable qui indiquait cent quarante messages non lus. Il avait écrit à Caroline : « Dure journée. Je dors au boulot. Je t'aime et je pense à toi. » Et c'est donc avec une pensée pour son épouse que Grégoire s'endormit, les mains posées sur son ventre statufié par le stress.

Quelques heures plus tard, il fut réveillé par son téléphone qui vibrait. Un son violent et désagréable auquel il fallait mettre fin en décrochant. Courbatu, emmêlé dans sa cravate, il répondit d'une bouche pâteuse : « Oui, allô ! » Une autre voix, au contraire claire et bien réveillée, se présenta : « Bonjour, ici Julie Schneider, journaliste. Je vous appelle pour confirmer auprès de vous une information à propos du terroriste au couteau. » La journaliste laissa un blanc et Grégoire, le cœur battant, répondit : « Pouvez-vous m'en dire plus ? », tout en devinant la suite de la conversation. « Il s'agit d'une note confidentielle que j'ai pu consulter et qui indique que le terroriste a bénéficié d'une libération anticipée, validée par votre ministère, il y a un peu plus d'un mois, c'est-à-dire juste avant les premiers attentats. Je vous appelle parce que je suis étonnée que cette information n'ait pas été communiquée par vos services au ministère des Affaires intérieures. Je viens de raccrocher avec eux, ils n'ont jamais entendu parler de cette note. Avouez que c'est quand même un élément essentiel pour l'enquête, non? Est-ce que le palais présidentiel est au courant? Et pouvez-vous confirmer tout ce que je viens d'énoncer?» Désarmé par la précision des questions, Grégoire répondit : «Il nous est impossible de confirmer ou d'infirmer ce type d'information. Mais je vous mets en garde contre tout ce qui pourrait perturber le travail des services de l'État et faire entrave à une enquête sereine.» La journaliste conclut, très sûre d'elle : «Ok, entendu. Avec ou sans réponse de votre part, nous publierons de toute façon l'information dans les prochaines heures. Au revoir monsieur.» C'était foutu, tout était foutu... Le regard fondu de larmes, Grégoire voyait la reproduction du tableau de Valtat accrochée au-dessus de lui, son petit ciel coloré et doux. Tout était foutu.

37

Il était 14 heures, et c'était la première journée du printemps cette année. Les arbres se chargeaient de bourgeons, de fleurs cotonneuses, les allergiques souffraient tandis que la plupart des humains découvraient leur peau avec ravissement. Les instincts primaires se ravivaient. Devant les locaux de la radio, un groupe de jeunes gens fumaient et rigolaient sur le trottoir, c'était bientôt le week-end, on allait pouvoir s'amuser, profiter de la douceur de l'air, il y avait un parfum d'euphorie dans cette journée. Patrick était un jeune rédacteur en chef prometteur arrivant au travail, avec la même sacoche qui pendouillait sur l'épaule que lorsqu'il était étudiant. Les fumeurs du trottoir le saluaient d'un signe de tête, parce qu'il était devenu un personnage important de la radio. Il venait d'être nommé rédacteur en chef, à seulement vingt-huit ans, c'était une prouesse. Sa première décision avait été le recrutement de Fanny, qu'il voulait proche de lui parce qu'elle était devenue sa maîtresse. Aussi, dès qu'il arrivait à la rédaction, il était heureux de se mettre au travail auprès de son second amour.

À son arrivée, Patrick réunissait son équipe, organisait le travail collectif en distribuant les sujets. Puis l'heure venue, il s'installait dans la régie, le poste de commandement accolé au studio, pour le premier journal présenté par Fanny. Elle entrait dans le studio en se sachant observée de son amant, elle arrangeait ses cheveux, attrapait le casque audio et s'approchait du micro. Fanny aimait s'asseoir, cambrée, sur le bord de son siège en dépit de tout confort. Et qu'est-ce qu'il aimait ça Patrick, depuis sa régie... Séparés par une vitre en Plexiglas, ils s'aimaient, s'appartenaient, se désiraient. Et si elle s'asseyait si près du bord du siège, dans cette posture si excitante, Patrick était persuadé que c'était pour lui, que c'était un message de son corps envoyé vers lui.

À 15 heures très précises, la tranche d'information dont Patrick avait la responsabilité s'ouvrait. Fanny prenait la parole : « Il est 15 heures, bonjour à tous. Voici les titres de votre journal. » En régie, Patrick gardait un œil sur le fil des dépêches envoyées par les agences de presse. Un message urgent venait justement de tomber : c'était une information relative à la traque du tueur au couteau. D'après un organe de presse réputé pour la qualité de ses enquêtes, le ministère de la Justice avait validé la libération anticipée du terroriste, alors qu'il purgeait une peine de prison. Et ce, sans en informer les services de police, contribuant ainsi à la situation chaotique actuelle. Patrick déchiffrait ces mots tandis qu'une première balle siffla dans le studio et atteignit Fanny en pleine tête, atomisant le lobe temporal de son cerveau situé au niveau de ses oreilles, réceptacle de tous les souvenirs de sa vie. En un instant, Fanny était passée d'un être vivant et sensuel à un corps irrémédiablement endommagé, un cadavre. Les détonations se multipliaient, les balles fragmentant en milliers de petits morceaux la vitre qui séparait Fanny de Patrick. Avant même de pouvoir interpréter ce qui était en train de se passer, le corps de Patrick se mit en mouvement pour fuir, à quatre pattes, comme un animal. L'horrible claquement des balles se répétait, encore et encore, et le plâtre des cloisons était pulvérisé en une poudre fine et blanche. Patrick galopa jusqu'à un local technique où il se cacha dans les mailles d'un canevas de câbles électriques.

Un des terroristes avait mis en joue un technicien de la régie : « Tu coupes la diffusion, tu crèves... » Et le tueur au couteau avait pris le micro, récité une prière, puis il avait interpellé le président Marteleau : « Puisque vous vous prétendez le chef de ce peuple idiot... Regardez vos valeurs, regardez votre monde absurde, regardez vos décisions stupides et immorales... Regardez vos enfants qui grandissent malheureux. Regardez le modèle infâme que vous êtes pour eux. Dieu seul vous jugera et vous serez anéanti. » Partout dans le pays, les postes de radio s'étaient branchés sur cette fréquence, allumés par des individus pétrifiés, qui réalisaient peu à peu le drame en train de se jouer. Dans le métro, dans les taxis, des voyageurs s'interpellaient : « Je crois qu'il y a un attentat, en direct à la radio. »

Le terroriste au couteau était jeune, avec de longs cheveux plaqués en arrière, une barbe fine qui marquait le contour de sa mâchoire. À côté de lui, l'un de ses acolytes avait capturé un secrétaire d'État qui était l'invité de la tranche de l'après-midi. Le commando avait réalisé qu'il s'agissait d'un personnage important quand un homme à la carrure large avait tenté de s'interposer devant eux. Ils avaient abattu le garde du corps et le secrétaire d'État avait été traîné par la jambe à l'intérieur du studio, comme une prise de guerre, pendant que les balles continuaient à siffler et que le sang de Fanny imbibait la moquette beige. Au micro, le tueur au couteau avait annoncé, avec une éloquence inattendue : « Nous détenons votre vassal. C'est un petit homme gris qui sera exécuté si vous tentez quoi que ce soit contre nous. Si vous pouviez le voir, vous liriez dans ses yeux la peur de la mort, la peur lâche d'un homme qui ne tient qu'à sa vie parce qu'il n'a rien d'autre. Dans nos yeux à nous, vous ne pourriez lire que la détermination, la joie d'accomplir notre mission, et surtout la lumière de la foi, celle que vous n'avez jamais connue, misérables mécréants que vous êtes.» Puis un coup de feu s'était fait entendre, suivi d'un silence étrange dans lequel on croyait déceler le bruit d'un corps qui se débat, sourd et désespéré. C'est ce que les passagers du métro avaient entendu. C'est ce que le président avait entendu, entouré dans son bureau d'une nouvelle «cellule de crise». C'est aussi ce qu'avait entendu dans son oreillette le sniper installé sur un toit face à la radio, prêt à abattre le terroriste sur ordre du président. C'est ce qu'avait entendu aussi Julie, qui se trouvait maintenant prise dans le vertige de son propre scoop. Et c'est ce même son sourd et lugubre qu'avait entendu Grégoire, glacé d'effroi dans son bureau, réalisant que sa vie s'était précipitée tout entière vers cet échec. Patrick n'entendait rien, si ce n'est ses propres pleurs étouffés, ceux d'un enfant caché dans son placard.

38

Autrefois, les jardins au cœur de la ville étaient réservés aux reines, aux princesses et à leurs entourages. Des personnages distingués qui se promenaient en bonne compagnie et qui aimaient jouir d'espace et de discrétion autour de leurs palais. Des petits princes se cachaient derrière des haies taillées avec méthode. Et des marquis couverts de poudre et d'étoffes précieuses paradaient au travers de parterres sculptés en arabesques. Le plaisir de déambuler dans un bel endroit constituait alors un luxueux loisir. C'était le siècle de Racine, de Pascal et de Mme de Sévigné. Une époque aux tragédies élégantes, où les amours devenaient littérature, où la promenade était un art.

Aujourd'hui, ces jardins étaient devenus publics et ils concentraient toute l'énergie et la confusion de la ville dès les beaux jours venus. On y trouvait toujours ces groupes d'enfants qui jouaient dans les allées, surveillés d'un œil distant par des nounous épuisées, des poneys au regard las enduraient la charge d'autres enfants, tandis que de jeunes adultes couraient dans les nuages de pots d'échappement pour entretenir leur forme. Il y avait des dames aux petites têtes grises qui se déplaçaient le plus souvent en duo, manigançant contre le monde *mezza voce*. Et puis surgissaient parfois ces passantes, agiles et nobles, fuyant toujours trop vite comme dans le poème de Baudelaire. Elles étaient ce qui s'approchait le plus des reines et des princesses d'autrefois. La distinction se jouait aujourd'hui dans les détails.

C'est dans ce décor que j'allais revoir Grégoire. Après l'attentat en direct à la radio, il ne m'avait plus donné de nouvelles pendant une dizaine de jours. Puis il s'était enfin manifesté, proposant que l'on se retrouve au jardin. Le rendez-vous était fixé dans l'une des allées principales, entre deux arbres qui nous servaient de but quand nous jouions au foot, enfants. Un peu en avance, je m'assis sur un banc verdâtre, qui avait été le témoin de toutes nos parties. Dans le flux de promeneurs auquel le soleil donnait un lustre joyeux, Grégoire apparut soudain. Il avançait, plus chic et moins furieux que le petit enfant qui s'apprêtait à shooter vers le but vingt ans plus tôt. Puis il prit place à côté de moi, d'abord sans dire un mot. Je n'avais jamais vu Grégoire abattu ou triste. Dans tous les moments de chagrin que j'avais partagés avec lui, il s'était toujours montré combatif ou revanchard. Mais ici, sa superbe semblait entamée.

«Tout a bien foiré, tu as vu...?», avait-il demandé sans un regard vers moi. Effectivement, pendant les quelques jours qui avaient suivi l'attentat, le monde mis en place par Grégoire avec minutie s'était effondré. Tout avait bien foiré. Les yeux fixés sur ses souliers couverts d'une fine poussière, je me remémorais le carnage en direct à la radio... La révélation des informations cachées par le ministère de la Justice avait libéré une colère immense dans l'opinion : le pouvoir était pris en flagrant délit de faute grave. Le ministre dut présenter sa démission et son équipe tout entière fut limogée. Grégoire vida sa soupente en quelques heures, expulsé de la haute administration comme s'il constituait un corps étranger. Seul le directeur de cabinet avait sauvé sa peau. « Depuis le début, ce vieux brigand m'a manipulé... Dès qu'il a compris que le ministère s'était planté, il a alerté Marteleau sans rien nous dire. Et on leur a servi de fusibles. C'était bien pratique pour le président de reporter la responsabilité sur nous... » Grégoire semblait sous le choc, prêt à autopsier son propre fiasco, comme s'il pouvait encore le corriger. Au fond, il avait pris une mauvaise décision, entouré d'une assemblée de collègues pleutres. C'était commun, cela arrivait tous les jours, dans tous les bureaux du monde. Mais dans son cas, les conséquences de cette erreur étaient publiques et chacun avait son avis sur la façon dont la situation aurait dû être menée. Moi, j'étais plus indulgent, car l'individu rongé par la culpabilité juste à côté de moi était mon ami d'enfance. Il s'était ensuite animé : « Est-ce que ça veut dire que ce vieux con vaut mieux que moi, parce qu'il a su trahir au bon moment ? Parce qu'il va sauver sa carrière en plombant la mienne ? Au fond, qu'est-ce qui fait la qualité d'un homme ? » Nos regards se croisèrent. Le sien était fatigué, mais toujours aussi malin. « Qu'est-ce qui fait la qualité d'un être humain, hein ? Il y a son intelligence, sa culture, sa générosité, son aisance en société... Il y a aussi l'équilibre entre sa sensibilité et sa résistance aux épreuves : un type dur ne sera qu'un pauvre type s'il n'est pas sensible, n'est-ce pas ? Il y a son sens de l'analyse, son esprit critique, sa persévérance, sa couardise aussi, parce qu'elle est parfois nécessaire... Et puis il y a son pouvoir de séduction. Mais qui n'a de sens que s'il est bien dosé, s'il ne s'en sert pas pour blesser ceux qui l'entourent. Certains ont toutes ces qualités, mais un jour, sur un coup de malchance, sur une injustice, ils perdent tout... » Il songeait ici certainement à ses mésaventures récentes. « Tu vois, moi je pensais qu'il n'y avait que les études, le travail, le labeur. Apprendre et emmagasiner un maximum de choses, suivre les règles pour franchir les paliers les uns après les autres. J'ai fait tout ça avec application et j'étais heureux de le faire. J'ai pris goût à essayer d'être le meilleur.» Une pause. Et juste avant qu'elle ne se transforme en malaise : «Qu'est-ce que j'ai loupé, franchement? Qu'est-ce que j'ai mal fait? Où est-ce que je n'ai pas été à la hauteur? Pourquoi tout a foiré comme ça?» Le corps tout entier de Grégoire explosa en des sanglots sincères. Je vis les spasmes qui gonflaient son thorax, sa bouche tordue de rage, comme un gosse qui doit laisser partir son père ou sa mère à l'école le premier jour de classe. Les pollens en suspension dans les rayons du soleil formaient comme une douche de lumière autour de mon ami qui pleurait pour la première fois devant moi. La gueule encore moite de chagrin, il se ressaisit : «Viens. Je t'emmène voir un truc.»

Nous marchions maintenant parmi les promeneurs heureux. Des ballons fusaient, des coureurs suaient lentement leur gras, on entendait une rumeur de rires mélangés au son du sable qui crisse sous des centaines de pas. Mes yeux étaient attirés par les corps des jeunes femmes bronzant tout autour d'un bassin : une jupe remontée au maximum de la pudeur, un sein rond et chaud verni par le soleil, un ventre découvert et fait pour la caresse... Que j'aurais aimé dénuder tous ces corps, découvrir leurs particularités, dessiner du bout des doigts leurs contours, glisser jusqu'à leur ride ultime. Mais Grégoire menait la promenade à bonne allure, laissant peu de place aux fantasmes. Il ne s'arrêta que devant un petit édifice à l'architecture classique, sis à l'intérieur du jardin. C'était l'un des plus anciens musées de peinture de la ville, qui avait connu des années de grand prestige alternant avec des périodes de délabrement pendant les guerres ou les révolutions. Utilisé à l'origine comme lieu de présentation des collections royales, il accueillait à présent des expositions temporaires, toujours consacrées à la peinture. À chaque renouvellement de l'accrochage, des files d'attente s'étiraient devant l'entrée. Mais en cet après-midi d'été, la météo offrait une diversion imbattable. Je suivis Grégoire dans un hall désert et frais, son pas alerte continuant de dicter un tempo rapide à notre promenade. Les vigiles assoupis sursautaient à notre entrée dans chaque salle, tandis que mon ami avançait sans un regard pour les œuvres au mur.

Soudain, Grégoire ralentit le pas, comme s'il avait trouvé son point d'arrivée, et il s'assit sur une banquette couverte de velours. Tout contrastait ici avec le monde extérieur ensoleillé : les murs étaient pourpres, les lumières toutes artificielles et le calme absolu. « Je t'ai emmené ici, à l'abri, pour que tu m'écoutes vraiment au lieu de reluquer toutes les gonzesses sur notre chemin... », dit-il en ricanant. J'étais vexé, agacé d'être aussi lisible. Puis son visage se fit plus grave et il enchaîna : « Caroline est enceinte, tu sais ? Nous attendons un enfant. C'est officiel, les délais réglementaires pour l'annoncer sont passés, donc voilà... Je vais être père. » En l'espace d'une seconde, mon cerveau assembla l'image suivante : Grégoire, avec de l'embonpoint et moins de cheveux, tenant par la main un enfant roux en bermuda. Une projection désormais plausible. « Et tu sais comment j'ai réagi quand Caroline m'a annoncé sa grossesse ? J'ai pleuré. Beaucoup. Longtemps. Heureusement, elle a cru à des larmes d'émotion... Mais j'étais vraiment triste. Et furieux que ça arrive comme ça, maintenant, au plus mauvais moment... Ensuite, je me suis fait à l'idée. » Ainsi, l'ami à mes côtés n'était plus le même à mes yeux, il n'était plus ce prince imperturbable qui survolait toutes les difficultés depuis l'enfance. Il était chômeur et bientôt père de famille. Il avait accepté de mettre un genou à terre devant moi. Mon affection, mon amour et ma confiance en lui s'en trouvaient décuplés.

Tout autour de nous, les murs étaient couverts de ces tableaux qui avaient traversé le temps pour réconforter les hommes et atténuer leurs blessures. Il y avait une vue impressionniste d'un quai par jour de pluie et ses pavés rendus luisants par les touches claires du pinceau. Une toile qui sentait la brume d'un jour d'automne. Il y avait le portrait d'un notable moustachu, serré dans une gabardine au tissu épais qui devait sentir le tabac. Et soudain, je le vis : le Valtat. Il était accroché sur le mur en face de la banquette sur laquelle nous étions assis, avec son couple tranquille au bord de l'eau. Dans ses couleurs, dans ses courbes violacées, se pressait toute l'énergie lumineuse du printemps qui rugissait dehors. Grégoire regardait le tableau, absorbé, un sourire serein sur les lèvres : « Je n'ai jamais pu l'oublier. Il est toujours aussi beau. »

39

J'ai été un petit garçon qui menait une existence paisible, douce, sans complications. Parfois, je jouais à la vie des grands, avec des décors et des scénarios qui devaient ressembler à l'idée que je me faisais de l'âge adulte. J'enfilais une chemise et une veste immenses de papa. Dans une pièce, il y avait mon bureau fictif, où je donnais des ordres à des collègues imaginaires. Puis je m'asseyais dans un coin du salon, un frisbee entre les mains : c'était l'heure de mon trajet quotidien pour rentrer à la maison. Je pestais dans les embouteillages qui n'existaient pas. Puis j'ouvrais la porte de mon appartement, avec un crayon qui faisait office de clé. J'embrassais ma femme (une peluche), puis nous passions à table. J'avais trois enfants, trois garçons (trois autres peluches). Autour de la table, chacun racontait sa journée, et je faisais les trois voix qui animaient cette discussion. C'était une petite vie inventée, que j'aimais mettre en scène. De là où je l'observais aujourd'hui, je ressentais une infinie tendresse pour cet enfant qui rêvait d'un destin d'aventures. Sa bonté naïve était bouleversante. Il n'imaginait pas les blessures du cœur, les humiliations, les compromis, les trahisons mesquines, l'angoisse à laquelle on s'habitue, et toutes les peines prochaines qui bourgeonnaient déjà à l'horizon.

Je me souvenais des petits garçons, de Grégoire, de sa présence qui me rassurait, des premiers après-midi où nous avions joué ensemble, ce sentiment de découvrir un frère dans la sueur de nos cavalcades, l'envie de rire, d'inventer, de piéger les adultes toujours beaucoup trop lourds, de les prendre au jeu de leur sérieux. Nous étions ces petits garçons, prêts à traverser des murs de feu, qui s'amusaient des bleus et des contusions, incassables et souples.

L'adolescence avait compliqué cette innocence. Nos premières ambitions se manifestaient, accompagnées de désirs à assouvir. Il avait fallu s'habituer à une certaine mélancolie, accepter d'être pris dans des instincts de violence, commencer à haïr, à jalouser. Sans doute nous aurait-il fallu une main pour nous accompagner dans ce mystère, une méthode, une exégèse de l'âge adolescent. Un précis pour apprendre à traverser tous ces murs de feu.

Adultes, nous n'étions plus que ces petits garçons en voie d'épuisement. Vraiment, rien ne s'était passé comme prévu. La brillante construction du destin de Grégoire s'était décousue dans le hasard d'une mauvaise décision. Mais l'entreprise de destruction de sa tendresse enfantine n'avait pas réussi à atteindre ce qu'il possédait de plus profond, de plus secret : l'amour de son tableau. Moi, je n'avais pas de voiture coincée dans les embouteillages, aucune femme, aucun fils à qui raconter mes journées de travail. Je n'avais que mon cœur d'artichaut maladroit, qui découvrait à tâtons, effrayé, qu'il battait pour Julie.

La répétition des attentats avait marqué notre jeunesse, comme des écorchures agaçantes portées sur notre croissance. Souvent, je pensais à ces chairs déchirées, ces peaux criblées de balles, lardées de coups de lame. Chaque mort avait d'abord été un embryon miraculeux, un nouveau-né, puis un enfant tout rose, un petit corps dodu reproduisant le miracle de l'évolution. Nous étions tous dépositaires de cette merveille : de gastéropode, nous étions devenus humains en quelques centaines de millions d'années et il y avait de quoi être fiers de cet héritage. Nous étions cette espèce douée de parole, capable de couper des fleurs dans un champ pour offrir un peu de la beauté du monde à un autre que soi. Imaginez le cœur de celui qui, un jour, a offert le premier bouquet de fleurs du monde. Voyez la beauté de cette espèce.

Et puis un jour, le chef-d'œuvre squelettique d'une main se trouvait pulvérisé par une balle, la vascularité complexe d'un œsophage était tranchée d'un coup de couteau. Le jazz anarchique du chaos rattrapait l'harmonie miraculeuse de l'humain. Et c'était ça qui nous habitait aussi à chaque seconde : la peur d'être éliminés, broyés, de ne même pas pouvoir assumer l'héritage de nos chromosomes, de ne rien pouvoir transmettre. Que rien de tout ça n'ait servi à grand-chose. On le voyait à nos regards de petites bêtes effrayées, les sanglots collés au fond de la gorge, quand le danger se présentait. Pauvres petits animaux perdus que nous sommes.

Alors parfois, je pensais à tous ces moments où j'aurais aimé que maman ait raison. Ces moments où j'aurais voulu réussir à faire le vide, à ne penser à rien et m'engouffrer dans un sommeil de néant. Au lieu de ça, je m'accrochais à une idée, ou plutôt à un souvenir. Un souvenir évident.

Je suis né heureux.

Création graphique de la couverture
et de la mise en pages intérieure :
Hokus Pokus Créations.
Le texte est composé en Andada, un caractère dessiné
par Carolina Giovagnoli pour Huerta Tipográfica.

————————

Composition et mise en pages
Nord Compo à Villeneuve-d'Ascq
Achevé d'imprimer en Italie en novembre 2018 par Grafica Veneta
Dépôt légal : janvier 2019 – Édition : 01
57-02-8764/2